COLLECTION 1000 SOLEILS

*Collection dirigée par Pierre Marchand
et Jean Olivier Héron*

LES CLASSIQUES
DU LIVRE POLICIER

SIR ARTHUR CONAN DOYLE

LE CHIEN DES BASKERVILLE

TRADUCTION
DE BERNARD TOURVILLE

**Les Œuvres Complètes
de Sir Arthur Conan Doyle
sont publiées aux éditions**
ROBERT LAFFONT

GALLIMARD/ROBERT LAFFONT

CHAPITRE PREMIER

MONSIEUR SHERLOCK HOLMES

M. Sherlock Holmes se levait habituellement fort tard, sauf lorsqu'il ne dormait pas de la nuit, ce qui lui arrivait parfois. Ce matin-là, pendant qu'il était assis devant son petit déjeuner, je ramassai la canne que notre visiteur avait oubliée la veille au soir. C'était un beau morceau de bois, solide, terminé en pommeau. Juste au-dessous de ce pommeau, une bague d'argent qui n'avait pas moins de deux centimètres de haut portait cette inscription datant de 1884 : « A James Mortimer, M.R.C.S. [1], ses amis du C.C.H. » Une belle canne; canne idéale pour un médecin à l'ancienne mode : digne, rassurante...

« Eh bien, Watson, que vous suggère cette canne? »

Holmes me tournait le dos, et je n'avais rien fait qui pût le renseigner sur mon occupation du moment.

« Comment savez-vous que je l'examine? vous devez avoir des yeux derrière la tête!

1. M.R.C.S. « *Member of the Royal College of Surgeons* » : Membre de la Faculté Royale de Médecine *(N. d. T.)*.

— Non, mais j'ai en face de moi une cafetière en argent bien astiquée. Dites, Watson, que pensez-vous de la canne de notre visiteur ? Nous avons eu la malchance de le manquer, nous ignorons le but de sa démarche : ce petit souvenir prend donc de l'importance. Allons, Watson, reconstituez l'homme d'après la canne ! Je vous écoute. »

Je me mis en devoir de me conformer de mon mieux aux méthodes de mon ami.

« Selon moi, dis-je, ce docteur Mortimer est un médecin d'un certain âge, à mœurs patriarcales, aisé, apprécié, comme en témoigne le geste de ceux qui lui ont offert cette canne.

— Bon ! Excellent !

— Je pense qu'il y a de fortes chances pour que le docteur Mortimer soit un médecin de campagne qui visite à pied la plupart de ses malades.

— Pourquoi, s'il vous plaît ?

— Parce que cette canne, qui à l'origine était très élégante, se trouve aujourd'hui dans un tel état que j'ai du mal à me la représenter entre les mains d'un médecin de ville. Le gros embout de fer est complètement usé ; il me paraît donc évident que son propriétaire est un grand marcheur.

— Très juste !

— D'autre part, je lis : « ses amis du C.C.H. ». Je parierais qu'il s'agit d'une société locale de chasse [1] dont il a soigné les membres, et qui lui a offert un petit cadeau pour le remercier.

— En vérité, Watson, vous vous surpassez ! s'exclama Holmes en repoussant sa chaise et en allu-

1. Chasse : *Hunt* en anglais *(N. d. T.)*.

mant une cigarette. Je suis obligé de dire que dans tous les récits que vous avez bien voulu consacrer à mes modestes exploits, vous avez constamment sous-estimé vos propres capacités. Vous n'êtes peut-être pas une lumière par vous-même, mais vous êtes un conducteur de lumière. Certaines personnes dépourvues de génie personnel sont quelquefois douées du pouvoir de le stimuler. Mon cher ami, je vous dois beaucoup! »

Jamais il ne m'en avait tant dit! Je conviens que ce langage me causa un vif plaisir. Souvent en effet j'avais éprouvé une sorte d'amertume devant l'indifférence qu'il manifestait à l'égard de mon admiration et de mes efforts pour vulgariser ses méthodes. Par ailleurs je n'étais pas peu fier de me dire que je possédais suffisamment à fond son système pour l'appliquer d'une manière qui avait mérité son approbation. Il me prit la canne des mains et l'observa quelques instants à l'œil nu. Tout à coup, intéressé par un détail, il posa sa cigarette, s'empara d'une loupe, et se rapprocha de la fenêtre.

« Curieux, mais élémentaire! fit-il en revenant s'asseoir sur le canapé qu'il affectionnait. Voyez-vous, Watson, sur cette canne je remarque un ou deux indices : assez pour nous fournir le point de départ de plusieurs déductions.

— Une petite chose m'aurait-elle échappé? demandai-je avec quelque suffisance. J'espère n'avoir rien négligé d'important?

— J'ai peur, mon cher Watson, que la plupart de vos conclusions ne soient erronées. Quand je disais que vous me stimuliez, j'entendais par là, pour être tout à fait franc, qu'en relevant vos erreurs j'étais fréquemment guidé vers la vérité. Non pas que vous vous soyez trompé du tout au tout dans ce cas précis. Il s'agit certainement d'un médecin de campagne. Et d'un grand marcheur.

— Donc j'avais raison.

— Jusque-là, oui.

— Mais il n'y a rien d'autre...

— Si, si, mon cher Watson! Il y a autre chose. D'autres choses. J'inclinerais volontiers à penser, par exemple, qu'un cadeau fait à un médecin provient plutôt d'un hôpital que d'une société de chasse; quand les initiales " C.C. " sont placées devant le " H. " de *Hospital*, les mots " Charing-Cross " me viennent naturellement en tête.

— C'est une hypothèse.

— Je n'ai probablement pas tort. Si nous prenons cette hypothèse pour base, nous allons procéder à une reconstitution très différente de notre visiteur inconnu.

— Eh bien, en supposant que " C.C.H. " signifie " Charing-Cross Hospital ", que voulez-vous que nous déduisions de plus?

— Vous ne voyez pas? Puisque vous connaissez mes méthodes, appliquez-les!

— Je ne vois rien à déduire, sinon que cet homme a exercé en ville avant de devenir médecin de campagne.

— Il me semble que nous pouvons nous hasarder davantage. Considérez les faits sous ce nouvel angle. En quelle occasion un tel cadeau a-t-il pu être fait? Quand des amis se sont-ils réunis pour offrir ce témoignage d'estime ? De toute évidence à l'époque où le docteur Mortimer a quitté le service hospitalier pour ouvrir un cabinet. Nous savons qu'il y a eu cadeau. Nous croyons qu'il y a eu départ d'un hôpital londonien pour une installation à la campagne. Est-il téméraire de déduire que le cadeau lui a été offert à l'occasion de son départ ?

— Certainement pas.

— Mais convenez aussi avec moi, Watson, qu'il ne peut s'agir de l'un des " patrons " de l'hôpital : un patron en effet est un homme bien établi avec une clientèle à Londres, et il n'abandonnerait pas ces avantages pour un poste de médecin de campagne. Si donc notre visiteur travaillait dans un hôpital sans être un patron, nous avons affaire à un interne en médecine ou en chirurgie à peine plus âgé qu'un étudiant. Il a quitté ses fonctions voici cinq ans : la date est gravée sur la canne. Si bien que votre médecin d'un certain âge, grave et patriarcal, disparaît en fumée, mon cher Watson, pour faire place à un homme d'une trentaine d'années, aimable, sans ambition, distrait, qui possède un chien favori dont j'affirme qu'il est plus gros qu'un fox-terrier et plus petit qu'un dogue. »

J'éclatai d'un rire incrédule pendant que Holmes se renfonçait dans le canapé et soufflait vers le plafond quelques anneaux bleus.

« En ce qui concerne votre dernière déduction, dis-je, je suis incapable de la vérifier. Mais il m'est facile de rechercher quelques détails sur l'âge et la carrière professionnelle de notre visiteur. »

J'attrapai mon annuaire médical et le feuilletai.

Il existait plusieurs Mortimer, mais un seul correspondait à notre inconnu. Je lus à haute voix les lignes qui lui étaient consacrées.

« Mortimer, James, M.R.C.S. 1882, Grimpen, Dartmoor, Devon. Interne en chirurgie de 1882 à 1884, au Charing-Cross Hospital. Lauréat du prix Jackson de pathologie comparée avec une thèse intitulée : *La maladie est-elle une réversion?* Membre correspondant de la Société suédoise de pathologie. Auteur de *Quelques Caprices de l'Atavisme (Lancet*, 1882), de *Progressons-nous? (Journal de Psychologie*, mars 1883). Médecin sanitaire des paroisses de Grimpen, Thorsley, et High Barrow. »

— Pas question de société de chasse, Watson! observa Holmes avec un sourire malicieux. Uniquement d'un médecin de campagne, comme vous l'aviez très astucieusement deviné. Je crois que mes déductions sont à peu près confirmées. Quant aux qualificatifs, j'ai dit, si je me souviens bien, aimable, sans ambition, distrait. Par expérience je sais qu'en ce monde seul un homme aimable peut recevoir des présents, que seul un médecin sans ambition peut renoncer à faire carrière à Londres pour exercer à la campagne, et que seul un visiteur distrait peut laisser sa canne et non sa carte de visite après vous avoir attendu une heure.

— Et le chien?

— Le chien a été dressé à tenir cette canne derrière son maître. Comme la canne est lourde, le chien la serre fortement par le milieu, et les traces de ses dents sont visibles. La mâchoire du chien, telle qu'on peut se la représenter d'après les espaces entre ces marques, est à mon avis trop large pour un terrier, mais pas assez large pour un dogue. Ce serait donc... oui, c'est bien un épagneul à poils bouclés. »

Tout en parlant il s'était levé pour arpenter la pièce et s'était arrêté derrière la fenêtre. Sa voix avait exprimé une conviction si forte que je le regardai avec surprise.

« Mon cher ami, comment pouvez-vous parler avec tant d'assurance?

— Pour la bonne raison que je vois le chien devant notre porte et que son propriétaire vient de sonner. Ne vous éloignez pas, Watson, je vous prie! C'est l'un de vos confrères, et votre présence peut m'être utile. A présent voici le moment dramatique du destin, Watson : vous entendez un pas dans l'escalier, et vous ne savez pas s'il monte pour un bien ou pour un mal. Qu'a donc le docteur James Mortimer, homme de science, à demander à Sherlock Holmes, spécialiste du crime? Entrez! »

L'aspect de notre visiteur m'étonna d'autant plus que je m'attendais au type classique du médecin de campagne. Or, il était de haute taille et très mince; son nez qui avait la forme d'un bec s'allongeait entre deux yeux gris perçants, rapprochés, clairs, qui brillaient derrière des lunettes cerclées d'or. Il portait des vêtements corrects, mais guère soignés : sa redingote était défraîchie, son pantalon effiloché. En dépit de sa jeunesse, il était voûté; il marchait en penchant en avant un visage bienveillant. Quand il entra, et qu'il aperçut sa canne dans les mains de Holmes, il poussa un cri de joie.

« Je suis si content! Je me demandais si je l'avais oubliée ici ou à l'agence maritime. Pour rien au monde je ne voudrais la perdre.

— Un cadeau, à ce que je vois? dit Holmes.

— Oui.

— Du Charing-Cross Hospital?

— De quelques amis que j'avais là, à l'occasion de mon mariage.

— Mon Dieu, mon Dieu, comme c'est bête! » soupira Holmes en secouant la tête.

Ahuri, le docteur Mortimer le contempla à travers ses lunettes.

« Pourquoi est-ce bête?

— Oh! vous avez simplement bouleversé nos petites déductions! Vous avez bien dit : mariage?

— Oui, monsieur. Je me suis marié, et j'ai quitté l'hôpital. Il fallait que je m'établisse à mon compte.

— Allons, allons, nous ne nous étions pas tellement trompés! dit Holmes. Et maintenant, docteur James Mortimer...

— Dites plutôt monsieur Mortimer! Je ne suis qu'un humble M.R.C.S.

— Mais naturellement un esprit précis.

— Un touche-à-tout de la science, monsieur Holmes. Un ramasseur de coquillages sur la grève du grand océan de l'inconnu. Je présume que c'est à monsieur Sherlock Holmes que je m'adresse présentement, et non...

— En effet. Voici mon ami le docteur Watson.

— Heureux de faire votre connaissance, monsieur. Votre nom ne m'est pas inconnu : il est associé à celui de votre ami. Vous m'intéressez grandement, monsieur Holmes, je n'espérais pas rencontrer un crâne pareil, une dolichocéphalie aussi prononcée, ni un tel développement supra-orbitaire. Verriez-vous un inconvénient à ce que je promène mon doigt le long de vos bosses pariétales ? Un moulage de votre crâne, monsieur, à défaut de l'original, enrichirait n'importe quel musée d'anthropologie. Je n'ai rien d'un flagorneur, mais je vous confesse que votre crâne me fait très envie ! »

Sherlock Holmes, d'un geste, invita notre étrange visiteur à s'asseoir.

« Je m'aperçois, monsieur, que vous exercez votre profession avec enthousiasme, lui dit-il. Cela m'arrive également. D'après votre index, je devine que vous roulez vous-même vos cigarettes. Ne vous gênez pas si vous désirez fumer. »

Le docteur Mortimer tira de sa poche du tabac et une feuille de papier à cigarettes; il mania les deux avec une dextérité extraordinaire. Il possédait de longs doigts frémissants, aussi agiles et alertes que des antennes d'insecte.

Holmes se tut, mais de rapides petits coups d'œil m'indiquèrent que le docteur Mortimer l'intéressait vivement. Il se décida enfin à rompre le silence.

« J'imagine, monsieur, que ce n'est pas uniquement dans le but d'examiner mon crâne que vous m'avez fait l'honneur de venir chez moi hier soir et à nouveau aujourd'hui ?

— Non, monsieur, non ! Bien que je sois heureux

d'en avoir eu l'occasion... Je suis venu chez vous, monsieur Holmes, parce que je sais que je n'ai rien d'un homme pratique et que je me trouve tout à coup aux prises avec un problème grave, peu banal. Vous connaissant comme le deuxième plus grand expert européen...

— Vraiment, monsieur? susurra Holmes non sans une certaine âpreté. Puis-je vous demander qui a l'honneur d'être le premier?

— A un esprit féru de précision scientifique, l'œuvre de M. Bertillon apparaît sans rivale.

— Alors ne feriez-vous pas mieux de le consulter?

— J'ai dit, monsieur, " à un esprit féru de précision scientifique ". Mais chacun reconnaît que vous êtes incomparable en tant qu'homme pratique. J'espère, monsieur, que par inadvertance je n'ai pas...

— A peine, monsieur! interrompit Holmes. Je crois, docteur Mortimer, que vous feriez bien de vous borner à me confier la nature exacte du problème pour la solution duquel vous sollicitez mon concours. »

CHAPITRE II

LA MALÉDICTION DES BASKERVILLE

« J'ai dans ma poche un document..., commença le docteur Mortimer.

— Je l'ai remarqué quand vous êtes entré, dit Holmes.

— C'est un manuscrit ancien.

— Qui date du début du XVIIIe siècle, s'il ne s'agit pas d'un faux.

— Comment pouvez-vous le dater ainsi, monsieur ?

— Pendant que vous parliez, vous en avez présenté quelques centimètres à ma curiosité. Il faudrait être un expert bien piètre pour ne pas situer un document à dix années près environ. Peut-être avez-vous lu la petite monographie que j'ai écrite sur ce sujet ? Je le situe vers 1730.

— La date exacte est 1742, dit le docteur Mortimer en le tirant de sa poche intérieure. Ce papier de famille m'a été confié par Sir Charles Baskerville, dont le décès subit et tragique, il y a trois mois, a suscité beaucoup d'émotion dans le Devonshire. Je peux dire que j'étais son ami autant que son médecin. Sir Charles Baskerville avait l'esprit solide, monsieur; sagace et pratique; il n'était pas plus rêveur que moi. Néanmoins il attachait une grande valeur à ce document, et il s'attendait au genre de mort qui justement l'abattit. »

Holmes tendit la main pour prendre le manuscrit qu'il étala sur ses genoux.

« Vous remarquerez, Watson, l'alternance de l'*s* long et de l'*s* court. C'est ce détail qui m'a permis de le localiser dans le temps. »

Par-dessus son épaule je considérai le papier jauni à l'écriture décolorée. L'en-tête portait « Baskerville Hall », et au-dessous, en gros chiffres griffonnés : « 1742. »

« On dirait une déposition, ou une relation ?

— En effet. C'est la relation d'une certaine légende qui a cours dans la famille des Baskerville.

— Mais je suppose que c'est sur quelque chose de plus moderne et de plus pratique que vous désirez me consulter ?

— Tout à fait moderne. Il s'agit d'une affaire pratique, urgente, qui doit être réglée dans les vingt-quatre heures. Mais le document est bref et il est étroitement lié à l'affaire. Avec votre permission je vais vous le lire. »

Holmes s'adossa à sa chaise, rassembla les extrémités de ses doigts et ferma les yeux d'un air résigné. Le docteur Mortimer approcha le document de la lumière, et d'une voix aiguë, crépitante, entreprit la lecture du curieux récit que voici :

« Sur l'origine du chien des Baskerville, plusieurs versions ont circulé. Toutefois, comme je descends en ligne directe de Hugo Baskerville, et comme je tiens l'histoire de mon père, de même que celui-ci la tenait du sien, je l'ai couchée par écrit, en croyant fermement que les choses se sont passées comme elles m'ont été rapportées. Et je voudrais, mes enfants, que vous pénètre le sentiment que la même Justice qui punit le péché peut aussi le pardonner par grâce, et que tout châtiment, même le plus lourd, peut être levé par la prière et le repentir. Je souhaite que cette histoire vous enseigne au moins (non pas pour que vous ayez à redouter les conséquences du passé, mais pour que vous soyez prudents dans l'avenir) que les passions mauvaises dont notre famille a tant souffert ne doivent plus se donner libre cours et faire notre malheur.

« Apprenez donc qu'au temps de la Grande Révolte (dont l'histoire écrite par le distingué Lord Clarendon mérite toute votre attention) le propriétaire de ce manoir de Baskerville s'appelait Hugo; indiscutablement c'était un profanateur, un impie, un être à demi sauvage. Certes, ses voisins auraient pu l'excuser jusque-là, étant donné que le pays n'a jamais été une terre de saints; mais il était possédé d'une certaine humeur impudique et cruelle qui était la fable de tout l'Ouest. Il advint que ce Hugo s'éprit d'amour (si l'on peut baptiser une passion aussi noire d'un nom aussi pur) pour la fille d'un petit propriétaire rural des environs. Mais la demoiselle l'évitait avec soin tant la fâcheuse réputation de son soupirant l'épouvantait. Un jour de la Saint-Michel pourtant, ce Hugo, avec l'assistance de cinq ou six mauvais compagnons de débauche, l'enleva de la ferme pendant une absence de son père et de ses frères. Ils la conduisirent au manoir et l'enfermèrent dans une chambre du haut, après quoi ils se mirent à table pour boire et festoyer comme chaque soir. Bien entendu, la pauvre fille ne pouvait manquer d'avoir les sangs retournés par les chants et les jurons abominables qui parvenaient d'en bas à ses oreilles; il paraît que le langage dont usait Hugo Baskerville, quand il était gris, aurait mérité de foudroyer son auteur. Mais dans sa peur elle osa ce devant quoi auraient hésité des hommes braves et lestes : en s'aidant du lierre qui recouvrait (et recouvre encore) le mur sud, elle dégringola le long des gouttières et courut à travers la lande dans la direction de la ferme de son père, que trois lieues séparaient du manoir de Baskerville.

« Un peu plus tard Hugo quitta ses invités avec l'intention de porter à sa prisonnière des aliments et du vin, et probablement d'autres choses bien pires. Il trouva la cage vide et l'oiseau envolé. Alors, ce fut comme si un démon s'était emparé de lui. Il descendit l'escalier quatre à quatre, se rua dans la salle à manger, sauta debout sur la table en balayant du pied flacons et tranchoirs, et jura devant ses amis qu'il ferait cette nuit même cadeau de son corps et de son âme aux Puissances du Mal s'il pouvait rattraper la jeune fille. Tandis que ses convives regardaient stupéfaits l'expression de cette fureur, l'un d'eux plus méchant que les autres, ou peut-être ayant bu davantage, proposa de lancer les chiens sur la trace de la fugitive. Aussitôt Hugo sortit, ordonna à ses valets de seller sa jument et de déchaîner la meute; il fit sentir aux molosses un mouchoir de la jeune fille, les mit sur la voie, et dans un concert d'aboiements sauvages la chasse s'engagea sur la lande éclairée par la lune.

« Pendant un moment, les autres convives demeurèrent bouche bée. Mais bientôt leur intelligence se dégourdit assez pour qu'ils comprissent ce qui allait se passer. Dans un brouhaha général, les uns réclamèrent leurs pistolets, d'autres leurs chevaux, certains de nouveaux flacons de vin. Un peu de bon sens ayant filtré dans leurs folles cervelles, treize d'entre eux sautèrent à cheval et se lancèrent à la poursuite de Hugo et de la meute. La lune brillait au-dessus de leurs têtes; ils foncèrent bride abattue sur la route que la jeune fille avait dû prendre pour regagner sa maison.

« Quelques kilomètres plus loin, ils rencontrèrent un berger, et ils lui demandèrent à grands cris s'il avait vu la meute. Le berger tremblait tellement de peur qu'il pouvait à peine parler; il finit par bégayer qu'il avait bien aperçu l'infortunée jeune fille suivie des molosses.

« Mais j'ai vu bien pire, ajouta-t-il. Hugo Baskerville m'a dépassé sur sa jument noire, et derrière lui courait en silence un chien qui était sûrement un chien de l'enfer... Que Dieu me préserve de l'avoir jamais sur mes talons! »

« Les cavaliers ivres maudirent le berger et poursuivirent leur randonnée. Bientôt cependant un froid mortel les saisit; ils entendirent un galop, et la jument noire, couverte d'écume blanche, passa près d'eux : sa bride traînait sur le sol et la selle était inoccupée. Alors les convives de Hugo, apeurés, se serrèrent les uns contre les autres; ils continuèrent néanmoins à avancer, bien que chacun d'entre eux, s'il s'était trouvé seul, eût tourné avec joie la tête de son cheval dans la direction opposée. Au bout de quelque temps ils rejoignirent la meute. Les molosses, pourtant célèbres par la pureté de leur race et par leur courage, geignaient en groupe au bord d'une profonde déclivité de terrain, d'un *goyal* comme nous disons; quelques-uns s'en écartaient furtivement; d'autres, le poil hérissé et l'œil fixe, regardaient vers le bas de la vallée étroite qui s'ouvrait devant eux.

« Tous les cavaliers s'arrêtèrent : dégrisés, comme vous l'imaginez! La majorité se refusait à aller plus loin, mais trois amis de Hugo, les plus hardis ou les moins dégrisés peut-être, s'enfoncèrent dans le goyal. Il aboutit bientôt à une large cuvette où se dressaient deux grosses pierres que l'on peut encore voir et qui ont été jadis érigées par des populations disparues. La lune éclairait cette clairière : au centre gisait la malheureuse jeune fille, là où elle était tombée, morte d'épouvante et de fatigue. Mais ce n'est pas son cadavre, non plus que le corps de Hugo Baskerville, qui fit pâlir les trois cavaliers : debout sur ses quatre pattes par-dessus Hugo, et les crocs enfoncés dans sa gorge, se tenait une bête immonde, une grosse bête noire, bâtie comme un chien, mais bien plus grande que n'importe quel chien qu'aient jamais vu des yeux d'homme. Et tandis qu'ils demeuraient là, frappés de stupeur, la bête déchira la gorge de Hugo Baskerville avant de tourner vers eux sa mâchoire tombante et ses yeux étincelants : alors, éperdus de terreur, ils firent faire demi-tour à leurs montures et s'enfuirent en hurlant à travers la lande. On assure que l'un d'eux mourut cette nuit-là, et que les deux autres ne se remirent jamais de leur émotion.

« Voilà l'histoire, mes enfants, de l'origine du chien dont on dit qu'il a été depuis lors le sinistre tourmenteur de notre famille. Si je l'ai écrite, c'est parce que ce qui est su en toute netteté cause moins d'effroi que ce qui n'est que sous-entendu, ou mal expliqué. Nul ne saurait nier que beaucoup de membres de notre famille ont été frappés de morts subites, sanglantes, mystérieuses. Cependant nous pouvons nous réfugier dans l'infinie bonté de la Providence, qui ne punira certainement pas l'innocent au-delà de cette troisième ou quatrième génération qui est menacée dans les Saintes Écritures. A cette Providence je vous recommande donc, mes enfants, et je vous conseille par surcroît de ne pas vous aventurer dans la lande pendant ces heures d'obscurité où s'exaltent les Puissances du Mal.

« (Ceci, de Hugo Baskerville à ses fils Rodger et John, en les priant de n'en rien dire à leur sœur Élizabeth.) »

Quand le docteur Mortimer eut terminé la lecture de ce singulier document, il releva ses lunettes sur son front et dévisagea M. Sherlock Holmes, lequel étouffa un bâillement et jeta sa cigarette dans la cheminée.

« Eh bien ? demanda mon ami.

— Avez-vous trouvé cela intéressant ?

— Intéressant pour un amateur de contes de bonne femme. »

Le docteur Mortimer tira alors de sa poche un journal.

« Maintenant, monsieur Holmes, nous allons vous offrir quelque chose d'un peu plus récent. Voici le *Devon County Chronicle* du 14 juin de cette année. Il contient un bref résumé des faits relatifs à la mort de Sir Charles Baskerville, mort qui eut lieu quelques jours plus tôt. »

Mon ami se pencha légèrement en avant, et son visage n'exprima plus qu'attention intense. Notre visiteur replaça ses lunettes devant ses yeux et commença sa lecture :

« La récente mort subite de Sir Charles Baskerville, dont le nom avait été mis en avant pour représenter le parti libéral du Mid-Devon au cours des prochaines élections, a attristé tout le comté. Bien que Sir Charles n'eût résidé à Baskerville Hall qu'un temps relativement court, son amabilité et sa générosité lui avaient gagné l'affection et le respect de tous ceux qui l'avaient approché. A cette époque de nouveaux riches, il est réconfortant de pouvoir citer le cas d'un rejeton d'une ancienne famille du comté tombée dans le malheur, qui a pu faire fortune par lui-même et s'en servir pour restaurer une grandeur déchue. Sir Charles, comme chacun le sait, avait gagné beaucoup d'argent dans des spéculations en Afrique du Sud. Plus avisé que ces joueurs qui s'acharnent jusqu'à ce que la roue tourne en leur défaveur, il avait réalisé ses bénéfices et les avait ramenés en Angleterre. Il ne s'était installé dans Baskerville Hall que depuis deux ans, mais il ne faisait nul mystère des grands projets qu'il nourrissait, projets dont sa mort a interrompu l'exécution. Comme il n'avait pas d'enfants, son désir maintes fois exprimé était que toute la région pût de son vivant profiter de sa chance; beaucoup auront des motifs personnels pour pleurer sa fin prématurée. Ses dons généreux à des œuvres de charité ont été fréquemment mentionnés dans ces colonnes.

« On ne saurait dire que l'enquête ait entièrement éclairci les circonstances dans lesquelles Sir Charles a trouvé la mort. Mais on a fait assez, du moins, pour démentir les bruits nés d'une superstition locale. Il n'y a plus de raison d'accuser une malveillance quelconque, ni de supposer que le décès pourrait être dû à des causes non naturelles. Sir Charles était veuf, et un peu excentrique. En dépit de sa fortune considérable il avait des goûts personnels fort simples; pour le servir à Baskerville Hall, il disposait en tout et pour tout d'un ménage du nom de Barrymore, le mari faisant fonction de maître d'hôtel et la femme de bonne. Leur témoignage, que corrobore celui de plusieurs amis, donne à penser que la santé de Sir Charles s'était depuis quelque temps dérangée, et qu'il souffrait en particulier de troubles cardiaques, lesquels se manifestaient par des pâleurs subites, des essoufflements et des crises aiguës de dépression nerveuse. Le docteur James Mortimer, ami et médecin du défunt, a témoigné dans le même sens.

« Les faits sont simples. Sir Charles Baskerville avait l'habitude de se promener chaque soir avant de se coucher dans la célèbre allée des ifs de Baskerville Hall. Le témoignage des Barrymore le confirme. Le 4 juin, Sir Charles avait annoncé son intention de se rendre à Londres le lendemain, et il avait ordonné à Barrymore de préparer ses bagages. Le soir il sortit comme de coutume; au cours de sa promenade il fumait généralement un cigare. Il ne rentra pas. A minuit Barrymore vit que la porte du manoir était encore ouverte; il s'inquiéta, alluma une lanterne et partit en quête de son maître. La journée avait été pluvieuse : les pas de Sir Charles avaient laissé des empreintes visibles dans l'allée. A mi-chemin une porte ouvre directement sur la lande. Quelques indications révélèrent que Sir Charles avait stationné devant cette porte. Puis il avait continué à descendre l'allée, et c'est à l'extrémité de celle-ci que son corps fut découvert. Un fait n'a pas été élucidé : Barrymore a rapporté, en effet, que les empreintes des pas de son maître avaient changé d'aspect à partir du moment où il avait dépassé la porte de la lande : on aurait dit qu'il s'était mis à marcher sur la pointe des pieds. Un certain Murphy, bohémien et maquignon, se trouvait alors sur la lande non loin de là, mais selon ses propres aveux il était passablement ivre. Il affirme avoir entendu des cris, mais il ajoute qu'il a été incapable de déterminer d'où ils venaient. Aucun signe de violence n'a été relevé sur la personne de Sir Charles. La déposition du médecin insiste sur l'incroyable déformation du visage (si grande que le docteur

Mortimer se refusa d'abord à croire que c'était son malade et ami qui gisait sous ses yeux). Mais des manifestations de ce genre ne sont pas rares dans les cas de dyspnée et de mort par crise cardiaque. Cette explication se trouva d'ailleurs confirmée par l'autopsie qui démontra une vieille maladie organique. Le jury rendit un verdict conforme à l'examen médical. Verdict utile et bienfaisant, car il est de la plus haute importance que l'héritier de Sir Charles s'établisse dans le Hall pour poursuivre la belle tâche si tristement interrompue. Si les conclusions prosaïques de l'enquête judiciaire n'avaient pas mis un point final aux romans qui se sont chuchotés à propos de l'affaire, peut-être aurait-il été difficile de trouver un locataire pour Baskerville Hall. Nous croyons savoir que le plus proche parent de Sir Charles est, s'il se trouve toujours en vie, son neveu M. Henry Baskerville, fils du frère cadet de Sir Charles. La dernière fois que ce jeune homme a donné de ses nouvelles, il était en Amérique; des recherches ont été entreprises pour l'informer de sa bonne fortune. »

Le docteur Mortimer replia son journal et le remit dans sa poche.

« Tels sont, monsieur Holmes, les faits publics en rapport avec la mort de Sir Charles Baskerville.

— Je dois vous remercier, dit Sherlock Holmes, d'avoir attiré mon attention sur une affaire qui présente à coup sûr quelques traits intéressants. J'avais remarqué à l'époque je ne sais plus quel article de journal, mais j'étais excessivement occupé par cette petite histoire des camées du

Vatican, et dans mon désir d'obliger le pape j'avais perdu le contact avec plusieurs affaires anglaises dignes d'intérêt. Cet article, dites-vous, contient tous les faits publics?

— Oui.

— Alors mettez-moi au courant des faits privés. »

Il se rejeta en arrière, rassembla encore une fois les extrémités de ses doigts, et prit un air de justicier impassible.

« Je vais vous dire, répondit le docteur Mortimer qui commençait à manifester une forte émotion, ce que je n'ai confié à personne. En me taisant lors de l'enquête, je n'ai obéi qu'à un seul mobile : un homme de science répugne à donner de la consistance à une superstition populaire. Par ailleurs je pensais, comme le journal, que Baskerville Hall demeurerait inoccupé si une grave accusation ajoutait à sa réputation déjà sinistre. Voilà pourquoi j'ai cru bien faire en disant moins que je ne savais : rien de bon ne pouvait résulter de mon entière franchise. Mais à vous je vais tout livrer.

« La lande est peu habitée; ceux qui vivent dans cette région sont donc exposés à se voir souvent. J'ai vu très souvent Sir Charles Baskerville. En dehors de M. Frankland de Lafter Hall, et de M. Stapleton le naturaliste, on ne trouve personne de cultivé dans un rayon de plusieurs kilomètres. Sir Charles était peu communicatif, mais sa maladie nous a rapprochés et l'intérêt que nous vouions l'un comme l'autre au domaine scientifique nous a maintenus en contact. D'Afrique du Sud il avait rapporté de nombreuses informations, et nous avons passé plusieurs soirées charmantes à discuter de l'anatomie comparée du Hottentot et du Boschiman.

« Depuis quelques mois je m'étais parfaitement rendu compte que le système nerveux de Sir Charles était sur le point de craquer. Il avait tellement pris à cœur cette légende dont je viens de vous donner lecture que, bien qu'il aimât se promener sur son domaine, rien ne l'aurait décidé à sortir de nuit sur la lande. Pour aussi incroyable qu'elle vous ait semblé, monsieur Holmes, Sir Charles était convaincu qu'une malédiction terrible s'attachait à sa famille : certes les détails qu'il m'a fournis sur ses ancêtres n'avaient rien d'encourageant. L'idée d'une présence fantomatique le hantait; plus d'une fois il m'a demandé si au cours de mes visites médicales nocturnes je n'avais jamais rencontré une bête étrange ou si je n'avais pas entendu l'aboiement d'un chien. Je me rappelle fort bien que cette dernière question le passionnait et que, lorsqu'il me la posait, sa voix frémissait d'émotion.

« Je me souviens aussi d'être monté chez lui quelque trois semaines avant l'événement. Il se trouvait devant la porte du manoir. J'étais descendu de mon cabriolet et je me tenais à côté de lui, quand je vis ses yeux s'immobiliser par-dessus mon épaule et regarder au loin avec une expression d'horreur affreuse. Je me retournai : j'eus juste le temps d'apercevoir quelque chose que je pris pour une grosse vache noire qui traversait le bout de l'allée. Il était si bouleversé qu'il m'obligea à aller jusqu'à cet endroit où j'avais vu la bête;

je regardai de tous côtés; elle avait disparu. Cet incident produisit sur son esprit une impression désastreuse. Je demeurai avec Sir Charles toute la soirée; c'est alors que, afin de m'expliquer son trouble, il me confia le récit que je vous ai lu tout à l'heure. Je mentionne cet épisode parce qu'il revêt une certaine importance étant donné la tragédie qui s'ensuivit, mais sur le moment j'étais persuadé que rien ne justifiait une si forte émotion.

« C'était sur mon conseil que Sir Charles devait se rendre à Londres. Je savais qu'il avait le cœur malade; l'anxiété constante dans laquelle il se débattait, tout aussi chimérique qu'en pût être la cause, n'en compromettait pas moins gravement sa santé. Je pensais qu'après quelques mois passés dans les distractions de la capitale il me reviendrait transformé. M. Stapleton, un ami commun qu'inquiétait également la santé de Sir Charles, appuya mon avis. A la dernière minute survint le drame.

« La nuit où mourut Sir Charles, le maître d'hôtel Barrymore qui découvrit le cadavre me fit prévenir par le valet Perkins : je n'étais pas encore couché: aussi j'arrivai à Baskerville Hall moins d'une heure après. J'ai vérifié et contrôlé tous les faits produits à l'enquête. J'ai suivi les pas dans l'allée des ifs. J'ai vu l'endroit, près de la porte de la lande, où il semble s'être arrêté. J'ai constaté le changement intervenu ensuite dans la forme des empreintes. J'ai noté qu'il n'y avait pas d'autres traces de pas, à l'exception de celles de Barrymore, sur le gravier tendre. Finalement j'ai examiné avec grand soin le corps que personne n'avait touché avant mon arrivée. Sir Charles gisait sur le ventre, bras en croix, les doigts enfoncés dans le sol; ses traits étaient révulsés, à tel point que j'ai hésité à l'identifier. De toute évidence il n'avait pas subi de violences et il ne portait aucune blessure physique. Mais à l'enquête Barrymore fit une déposition inexacte. Il déclara qu'autour du cadavre il n'y avait aucune trace sur le sol. Il n'en avait remarqué aucune. Moi j'en ai vu : à une courte distance, mais fraîches et nettes.

— Des traces de pas?

— Des traces de pas.

— D'un homme ou d'une femme? »

Le docteur Mortimer nous dévisagea d'un regard étrange avant de répondre dans un chuchotement :

« Monsieur Holmes, les empreintes étaient celles d'un chien gigantesque! »

CHAPITRE III

LE PROBLÈME

J'avoue qu'à ces mots je ne pus réprimer un frisson. La voix du médecin avait tremblé; sa confidence l'avait profondément remué. Très excité, Holmes se pencha en avant; son regard brillait d'une lueur dure, aiguë, que je lui connaissais bien.

« Vous avez vu cela?

— Aussi nettement que je vous vois.

— Et vous n'avez rien dit?

— A quoi bon?

— Comment se fait-il que personne d'autre ne l'ait vu?

— Les empreintes se trouvaient à une vingtaine de mètres du corps; personne ne s'en est soucié. Si je n'avais pas connu la légende, je ne m'en serais pas soucié davantage.

— Y a-t-il beaucoup de chiens de berger sur la lande?

— Bien sûr! Mais ce n'était pas un chien de berger.

— Vous dites qu'il était gros?

— Énorme!

— Mais il ne s'est pas approché du corps?

— Non.

— Quelle sorte de nuit était-ce?

— Humide et froide.

— Il ne pleuvait pas?

— Non.

— A quoi ressemble l'allée?

— Elle s'étend entre deux rangées de vieux ifs taillés en haie; quatre mètres de haut; impénétrables. L'allée par elle-même a deux mètres cinquante de large environ.

— Il n'y a rien entre les haies et l'allée?

— Si : une bordure de gazon de chaque côté : près de deux mètres de large.

— J'ai cru comprendre qu'en un endroit la haie d'ifs est coupée par une porte?

— Oui. Une porte à claire-voie qui ouvre sur la lande.

— Pas d'autre porte?

— Aucune.

— Si bien que pour pénétrer dans l'allée des ifs, n'importe qui doit la descendre en venant de la maison ou passer par la porte à claire-voie?

— A l'autre extrémité il existe une sortie par un pavillon.

— Sir Charles l'avait-il atteint?

— Non. Il s'en fallait d'une cinquantaine de mètres.

— A présent dites-moi, docteur Mortimer, et ceci est important : les empreintes que vous avez vues se trouvaient sur l'allée et non sur le gazon?

— Aucune empreinte n'était visible sur le gazon.

— Se trouvaient-elles du même côté de l'allée que la porte à claire-voie sur la lande?

— Oui. Elles étaient sur le bord de l'allée, du même côté que la porte à claire-voie.

— Vous m'intéressez énormément. Un autre détail : la porte à claire-voie était-elle fermée?

— Fermée au cadenas.

— Sa hauteur?

— Un mètre vingt-cinq environ.

— Donc franchissable par n'importe qui?

— Oui.

— Et quelles traces avez-vous relevées auprès de la porte à claire-voie?

— Aucune en particulier.

— Grands dieux! Personne ne l'a examinée?

— Si. Moi.

— Et vous n'avez rien décelé?

— Tout était très confus. Sir Charles s'est évidemment arrêté là pendant cinq ou dix minutes.

— Comment le savez-vous?

— Parce que la cendre de son cigare est tombée deux fois.

— Excellent! Voici enfin, Watson, un confrère selon notre cœur. Mais les traces?

— Sur cette petite surface de gravier il a laissé ses propres empreintes. Je n'en ai pas relevé d'autres. »

Sherlock Holmes, impatienté, infligea une lourde claque à son genou.

« Si seulement j'avais été là! s'écria-t-il. C'est incontestablement une affaire d'un intérêt extraordinaire : une affaire qui offrait d'immenses possibilités à l'expert scientifique. Cette allée de gravier sur laquelle j'aurais lu tant de choses est depuis longtemps maculée par la pluie ou retournée par les chaussures à clous des paysans curieux... Oh! docteur Mortimer, docteur Mortimer, quand je pense que vous ne m'avez pas fait signe plus tôt! Vous aurez à en répondre!

— Je ne pouvais pas vous mêler à l'affaire, monsieur Holmes, sans faire connaître au monde tous ces faits, et je vous ai donné les raisons de mon silence. En outre...

— Pourquoi hésitez-vous?

— Dans un certain domaine le détective le plus astucieux et le plus expérimenté se trouve désarmé.

— Vous voulez dire qu'il s'agit d'une chose surnaturelle?

— Je n'ai pas dit positivement cela.

— Non, mais vous le pensez!

— Depuis le drame, monsieur Holmes, on m'a rapporté plusieurs faits qu'il est difficile de concilier avec l'ordre établi de la nature.

— Par exemple?

— Je sais qu'avant ce terrible événement plusieurs personnes ont vu sur la lande une bête dont le signalement correspond au démon de Baskerville, et qui ne ressemble à aucun animal catalogué par la science. Toutes assurent qu'il s'agit d'une bête énorme, quasi phosphorescente, fantomatique, horrible. J'ai soumis ces témoins à une sorte d'interrogatoire contradictoire : l'un est un paysan têtu, l'autre un maréchal-ferrant, un troisième un fermier; tous les trois ont été formels : ils m'ont raconté la même histoire d'apparition, et le signalement de cet animal monstrueux correspond point pour point à celui du chien diabolique. La terreur règne dans le district, et il ne se trouverait pas beaucoup d'audacieux pour traverser la lande à la nuit.

— Et vous, homme de science expérimenté, vous croyez qu'il s'agit d'un phénomène surnaturel ?

— Je ne sais pas quoi croire. »

Holmes haussa les épaules.

« Jusqu'ici j'ai limité mes enquêtes à ce monde, dit-il. D'une manière modeste j'ai combattu le mal; mais m'attaquer au diable en personne pourrait être une tâche trop ambitieuse. Vous admettez toutefois que l'empreinte est une chose matérielle ?

— Le chien, à l'origine, a été assez matériel lui aussi pour arracher la gorge d'un homme, et cependant c'était une bête sortie de l'enfer.

— Je vois que vous vous rangez parmi les partisans d'une intervention surnaturelle. Dites-moi, docteur Mortimer : si vous partagez ce point de vue, pourquoi êtes-vous venu me consulter ? Simultanément vous me dites qu'il est inutile d'enquêter sur la mort de Sir Charles, et que vous désirez que je m'en occupe.

— Je ne vous ai pas dit que je désirais que vous vous en occupassiez.

— Alors comment puis-je vous aider ?

— En me donnant votre avis sur ce que je dois faire avec Sir Henry Baskerville qui arrive à la gare de Waterloo... »

Le docteur Mortimer regarda sa montre.

« ... Dans une heure et quart exactement.

— Il est l'héritier ?

— Oui. Après la mort de Sir Charles nous nous sommes enquis de ce jeune gentleman et nous avons découvert qu'il avait fait de l'agriculture au Canada. D'après les renseignements qui nous sont parvenus, c'est un garçon très bien à tous égards. Maintenant je ne parle plus comme médecin, mais comme exécuteur du testament de Sir Charles.

— Il n'y a pas d'autres prétendants, je suppose?

— Non. Le seul autre parent dont nous avons pu retrouver trace était Rodger Baskerville, le plus jeune des trois frères dont le pauvre Sir Charles était l'aîné. Le second frère, qui mourut jeune, est le père de cet Henry. Le troisième, Rodger, était le mouton noir de la famille. Il descendait de la vieille lignée des Baskerville dominateurs. Il était le portrait, m'a-t-on dit, de Hugo à la triste mémoire. Il lui fut impossible de demeurer en Angleterre : il y était trop fâcheusement connu. Il s'est enfui vers l'Amérique centrale où il est mort de la fièvre jaune en 1876. Henry est le dernier des Baskerville. Dans une heure cinq minutes je l'accueillerai à la gare de Waterloo. J'ai reçu un câble m'informant qu'il arrivait ce matin à Southampton. Monsieur Holmes, quel conseil me donnez-vous?

— Pourquoi n'irait-il pas dans le domaine de ses ancêtres?

— Qu'il y allât serait naturel, n'est-ce pas? Et pourtant, veuillez considérer que tous les Baskerville qui l'ont habité ont été victimes d'un mauvais destin. Je suis sûr que si Sir Charles avait pu me parler avant son décès, il m'aurait mis en garde pour que le dernier représentant d'une vieille famille et l'héritier d'une grande fortune ne vienne pas vivre dans cet endroit mortel... Et pourtant il est indéniable que la prospérité de toute cette misérable région dépend de sa présence! Tout le bon travail qui a été ébauché par Sir Charles aura été accompli en pure perte si le manoir reste inhabité. Je crains de me laisser abuser par mes intérêts personnels : voilà pourquoi je vous soumets l'affaire et vous demande conseil. »

Holmes réfléchit un moment.

« Mise en clair, l'affaire se résume à ceci, dit-il. A votre avis un agent du diable rend Dartmoor invivable pour un Baskerville. C'est bien cela?

— J'irai du moins jusqu'à dire qu'il y a de fortes présomptions pour qu'il en soit ainsi.

— Très juste. Mais si votre théorie du surnaturel est exacte, le jeune héritier pourrait succomber aussi bien à Londres que dans le Devonshire. Je ne conçois guère un démon doté d'une puissance simplement locale comme le sacristain d'une paroisse.

— Vous traitez le problème, monsieur Holmes, avec plus de légèreté que vous n'en mettriez si vous étiez en contact personnel avec ces sortes de choses. Selon vous, donc, le jeune Baskerville sera aussi en sécurité dans le Devonshire que dans Londres. Il arrive dans cinquante minutes. Que me conseillez-vous?

— Je conseille, monsieur, que vous preniez un fiacre, que vous emmeniez votre épagneul qui est en train de gratter à ma porte, et que vous vous rendiez à la gare de Waterloo pour y rencontrer Sir Henry Baskerville.

— Et puis ?

— Et puis que vous ne lui disiez rien du tout avant que j'aie pris une décision touchant l'affaire.

— Combien de temps vous faudra-t-il pour vous décider ?

— Vingt-quatre heures. Je vous serais fort obligé, docteur Mortimer, si demain à dix heures vous aviez la bonté de revenir ici. Et pour mes plans d'avenir ma tâche serait grandement simplifiée si vous étiez accompagné de Sir Henry Baskerville.

— C'est entendu, monsieur Holmes. »

Il griffonna l'heure du rendez-vous sur sa manchette avant de se diriger vers la porte avec l'allure distraite, dégingandée qui lui était habituelle. Holmes l'arrêta au bord de l'escalier.

« Une dernière question, docteur Mortimer. Vous dites qu'avant la mort de Sir Charles Baskerville, plusieurs personnes ont vu cette apparition sur la lande ?

— Trois personnes l'ont vue.

— Et depuis la mort de Sir Charles... ?

— A ma connaissance, non.

— Merci. Au revoir. »

Holmes revint s'asseoir ; sa physionomie placide reflétait la satisfaction intérieure qu'il éprouvait toujours quand un problème digne d'intérêt s'offrait à ses méditations.

« Vous sortez, Watson ?

— A moins que je puisse vous aider.

— Non, mon cher ami. C'est à l'heure de l'action que j'ai besoin de votre concours. Mais cette affaire-ci est sensationnelle, réellement unique par certains traits! Quand vous passerez devant Bradley's, soyez assez bon pour me faire porter une livre de son plus fort tabac coupé fin. Merci. Si cela ne vous dérange pas trop, j'aimerais mieux que vous ne rentriez pas avant ce soir. Je serai très heureux d'échanger alors avec vous des impressions sur la passionnante énigme qui nous a été soumise ce matin. »

Je savais que la solitude et la retraite étaient indispensables à mon ami pendant les heures d'intense concentration mentale où il pesait chaque parcelle de témoignage et de déposition, édifiait des théories contradictoires, les opposait les unes aux autres, isolait l'essentiel de l'accessoire. Je résolus donc de passer la journée à mon club et ce n'est qu'à neuf heures du soir que je me retrouvai assis dans le salon de Baker Street.

Lorsque j'ouvris notre porte, ma première impression fut qu'un incendie s'était déclaré en mon absence : la pièce était pleine d'une fumée opaque qui brouillait la lueur de la lampe. Mais mon inquiétude se dissipa vite : il ne s'agissait que de fumée de tabac, qui me fit tousser. A travers ce brouillard gris j'aperçus confusément Holmes en robe de chambre, recroquevillé sur un fauteuil et serrant entre ses dents sa pipe en terre noire. Autour de lui étaient disposés plusieurs rouleaux de papier.

« Vous vous êtes enrhumé, Watson?

— Pas du tout. C'est cette atmosphère viciée...

— En effet, l'air est un peu épais.

— Épais! Il n'est pas supportable, oui!

— Ouvrez la fenêtre alors! Vous avez passé toute la journée à votre club, je vois...

— Mon cher Holmes!

— Est-ce vrai?

— Oui, mais comment...? »

Il se mit à rire devant mon étonnement.

« Sur toute votre personne, Watson, est répandue une délicieuse candeur; c'est un plaisir que d'exercer sur elle le peu de pouvoir que je possède. Un gentleman sort par une journée pluvieuse dans une cité boueuse. Il rentre le soir sans une tache, le chapeau toujours lustré et les souliers brillants. Il est donc resté toute la journée dans le même endroit. Or, il s'agit d'un homme qui n'a pas d'amis intimes. Où se serait-il rendu, sinon...? Voyons, c'est évident!

— Assez évident, soit!

— Le monde est plein de choses évidentes que personne ne remarque jamais. Où pensez-vous que je sois allé?

— Vous n'avez pas bougé.

— Au contraire! Je suis allé dans le Devonshire.

— En esprit?

— Exactement. Mon corps est resté dans ce fauteuil et il a, je le regrette, consommé en mon absence le contenu de deux cafetières ainsi qu'une incroyable quantité de tabac. Après votre départ j'ai envoyé chercher chez Stanford's une carte d'état-major de cette partie de la lande, et mon esprit s'y est promené toute la journée. Je me flatte de ne m'y être pas perdu.

— Une carte à grande échelle, je suppose?

— Très grande... »

Il en déroula une section et l'étala sur son genou. « Voici la région qui nous intéresse particulièrement. Baskerville Hall est au milieu.

— Un bois l'entoure ?

— En effet. J'imagine que l'allée des ifs, bien qu'elle ne soit pas indiquée sous ce nom, doit s'étendre le long de cette ligne, avec la lande, comme vous le voyez, sur sa droite. Cette petite localité est le hameau de Grimpen où notre ami le docteur Mortimer a établi son quartier général. Dans un rayon de huit kilomètres il n'y a, regardez bien, que quelques rares maisons isolées. Voici Lafter Hall, qui nous a été mentionné tout à l'heure. Cette maison-là est peut-être la demeure du naturaliste... Stapleton, si je me souviens bien. Voici deux fermes dans la lande, High Tor et Foulmire. Puis à vingt kilomètres de là la grande prison des forçats. Entre ces îlots et tout autour s'étend la lande désolée, sinistre, inhabitée. Ceci, donc, est le décor où s'est déroulé un drame et où un deuxième sera peut-être évité grâce à nous.

— L'endroit doit être sauvage.

— Oui. Si le diable désirait se mêler aux affaires humaines...

— Tiens ! Vous penchez maintenant pour une explication surnaturelle ?

— Les agents du diable peuvent être de chair et de sang, non ? Deux questions primordiales sont à débattre. La première : y a-t-il vraiment eu crime ? La deuxième : de quel crime s'agit-il et comment a-t-il été commis ? Certes, si l'hypothèse du docteur Mortimer est exacte et si nous avons affaire à des forces débordant les lois ordinaires de la nature, notre enquête devient inutile. Mais il nous faut épuiser toutes les autres hypothèses avant de retomber sur celle-là. Si vous n'y voyez pas d'inconvénient, nous allons refermer la fenêtre. Je suis sans doute bizarre, mais je trouve qu'une atmosphère concentrée aide à la concentration de l'esprit. Remarquez que je ne vais pas jusqu'à m'enfermer dans une boîte pour penser; ce serait pourtant la conséquence logique de ma théorie... Avez-vous réfléchi à l'affaire?

— Oui. J'y ai réfléchi une bonne partie de la journée.

— Et qu'en dites-vous?

— Elle est surprenante.

— Certes elle n'est pas banale. Certains détails la classent hors série. Ainsi le changement de forme des empreintes. Quel est votre avis, Watson?

— Mortimer a déclaré que Sir Charles avait descendu sur la pointe des pieds cette partie de l'allée.

— Il n'a fait que répéter ce qu'un idiot quelconque a dit au cours de l'enquête. Pourquoi un homme marcherait-il sur la pointe des pieds en descendant cette allée?

— Quoi, alors?

— Il courait, Watson! Il courait désespérément, il courait pour sauver sa vie... Il a couru jusqu'à en faire éclater son cœur et à tomber raide mort.

— Il fuyait devant quoi?

— Voilà le problème. Divers indices nous donnent à penser que Sir Charles était fou de terreur avant même d'avoir commencé à courir.

— D'où tenez-vous cela?

— Je suis en train de supposer que la cause de sa terreur lui est apparue sur la lande. Dans ce cas, probable, seul un homme ayant perdu la tête aura couru en s'éloignant de sa maison, et non en cherchant à rentrer chez lui. Si le témoignage du bohémien peut être tenu pour valable, il a couru en appelant à l'aide justement dans la direction où il avait le moins de chances de trouver du secours. Ceci encore : qui attendait-il cette nuit-là, et pourquoi attendait-il ce visiteur dans l'allée des ifs plutôt que dans sa maison?

— Vous croyez qu'il attendait quelqu'un?

— Sir Charles était assez âgé et peu valide. Nous pouvons admettre qu'il aimait se promener le soir, mais le sol était détrempé et la nuit peu clémente. Est-il normal qu'il soit resté là debout cinq ou dix minutes, comme l'a déduit de la cendre du cigare le docteur Mortimer, lequel a montré là plus de sens pratique que je ne l'aurais espéré?

— Mais il sortait chaque soir.

— Je crois peu vraisemblable qu'il ait attendu chaque soir à la porte de la lande. Au contraire, il évitait la lande. Or, cette nuit-là il a attendu. Et c'était la nuit qui précédait son départ pour Londres. L'affaire prend forme, Watson. Elle devient cohérente. Puis-je vous demander de me tendre mon violon? Nous ne parlerons plus de cette tragédie avant que nous ayons eu l'avantage de recevoir demain matin le docteur Mortimer et Sir Henry Baskerville. »

CHAPITRE IV

SIR HENRY BASKERVILLE

Notre table, après le petit déjeuner, fut vite desservie; Holmes attendait en robe de chambre ses interlocuteurs. Nos clients furent exacts : l'horloge venait de sonner dix heures quand le docteur Mortimer fut introduit, suivi du jeune baronnet. Celui-ci avait une trentaine d'années; il était petit, vif, très trapu; il avait les yeux bruns, de noirs sourcils épais et un visage éveillé, combatif. Il était vêtu d'un costume de tweed de couleur rouille. Il était hâlé comme quelqu'un qui a passé au grand air le plus clair de son temps. Mais le regard tranquille et le maintien assuré révélaient le jeune homme de bonne race.

« Je vous présente Sir Henry Baskerville, annonça le docteur Mortimer.

— C'est moi! fit notre nouveau visiteur. Et ce qui est étrange, monsieur Sherlock Holmes, c'est que si mon ami ne m'avait pas proposé d'aller vous voir ce matin, je serais venu de mon propre chef. Je crois savoir que vous élucidez volontiers des petites énigmes, et je me suis trouvé ce matin en face d'un certain puzzle qui mérite plus de réflexion que je ne me sens capable de lui en accorder.

— Ayez l'obligeance de vous asseoir, Sir Henry. Dois-je comprendre que depuis votre arrivée à Londres vous avez été le héros d'une aventure digne d'intérêt ?

— Rien d'important, monsieur Holmes. Rien qu'une plaisanterie, vraisemblablement. Il s'agit d'une lettre, si vous pouvez appeler cela une lettre, qui m'est parvenue ce matin. »

Il déposa une enveloppe sur la table ; nous nous penchâmes dessus. C'était une enveloppe ordinaire, grisâtre. L'adresse « Sir Henry Baskerville, Northumberland Hotel » était écrite en lettres grossières. Le tampon de la poste indiquait « Charing-Cross », et la date celle de la veille au soir.

« Qui savait que vous descendiez au Northumberland Hotel ? interrogea Holmes en regardant attentivement notre visiteur.

— Personne ne pouvait le savoir. Nous ne l'avons décidé qu'après notre entrevue, le docteur Mortimer et moi.

— Mais le docteur Mortimer, sans doute, y était déjà descendu ?

— Non, répondit le docteur. J'avais accepté l'hospitalité d'un ami. Rien ne laissait prévoir que nous logerions dans cet hôtel.

— Hum ! Quelqu'un me paraît fort intéressé à vos faits et gestes... »

De l'enveloppe il tira une demi-feuille de papier ministre pliée en quatre. Il l'étala sur la table. En son milieu une seule phrase, constituée par des mots imprimés collés sur le papier. Cette phrase était la suivante : « Si vous tenez à votre vie et à votre raison, éloignez-vous de la lande. » Le mot « lande » était écrit à l'encre.

« Maintenant, questionna Sir Henry Baskerville, peut-être me direz-vous, monsieur Holmes, ce que signifie cela, et qui s'intéresse tant à mes affaires ?

— Qu'en pensez-vous, docteur Mortimer ? Vous conviendrez qu'il n'y a rien de surnaturel là-dedans, n'est-ce pas ?

— Non, monsieur. Mais cette lettre pourrait fort bien provenir d'une personne pensant que l'affaire sort du cadre naturel des choses.

— Quelle affaire ? intervint Sir Henry non sans moquerie. Il me semble, messieurs, que vous connaissez mes affaires personnelles beaucoup mieux que moi !

— Avant que vous ne sortiez d'ici, dit Sherlock Holmes, vous saurez tout ce que nous savons, Sir Henry. Je vous le promets. Pour l'instant, avec votre permission, nous nous en tiendrons au présent, à ce document très intéressant qui a dû être composé et posté hier soir. Avez-vous le *Times* d'hier, Watson ?

— Il est là, dans ce coin.

— Puis-je vous demander de me le passer ?... La page intérieure, s'il vous plaît, celle des éditoriaux... »

Il y jeta un coup d'œil rapide; son regard fit le tour des colonnes.

« ... Article très important sur le libre-échange. Permettez-moi de vous en citer un extrait : " Vous pouvez vous laisser bercer par le rêve que votre propre commerce ou votre propre industrie sera favorisé par un tarif protectionniste, mais votre raison vous certifie qu'une telle législation éloigne le pays de ce que vous tenez pour de la richesse, diminue la valeur de nos importations, et abaisse les conditions générales de vie dans cette île." Qu'en pensez-vous, Watson ? s'écria Holmes en se frottant les mains. Ne croyez-vous pas que cette opinion est pertinente ? »

Le docteur Mortimer regarda Holmes avec un intérêt exclusivement professionnel, et Sir Henry Baskerville tourna vers moi deux yeux noirs ahuris.

« Je ne connais pas grand-chose aux tarifs douaniers, dit-il. Mais il me semble qu'en ce qui concerne cette lettre nous sommes assez loin de la piste.

— Au contraire, je pense que nous sommes sur la bonne piste, Sir Henry. Watson est mieux que vous au fait de mes méthodes, mais je me demande s'il a bien compris la signification de cette phrase.

— Non. J'avoue que je ne vois aucun rapport.

— Et cependant, mon cher Watson, le rapport est tel que l'un est tiré de l'autre. "Vous", "tenez" "vie", "raison", "éloignez", "votre", "et"... Ne voyez-vous pas d'où ces mots ont été tirés ?

— Nom d'un tonnerre ! s'exclama Sir Henry. Vous avez raison ! C'est merveilleux !

— Si le moindre doute persiste dans votre esprit, veuillez considérer le fait que " vous tenez " et " votre raison " sont découpés les deux fois d'un seul tenant.

— Ma foi... c'est vrai !

— Réellement, monsieur Holmes, ceci dépasse tout ce que j'aurais pu imaginer! fit le docteur Mortimer en contemplant mon ami avec stupéfaction. Je pouvais comprendre qu'on me dise que les mots ont été découpés dans un journal; mais que vous ayez cité lequel et que vous ayez indiqué l'article précis, voilà l'une des choses les plus remarquables que j'aie jamais vues. Comment y êtes-vous arrivé?

— Je présume, docteur, que vous pourriez distinguer le crâne d'un Nègre de celui d'un Esquimau.

— Évidemment!

— Mais comment y arriveriez-vous?

— Parce que c'est ma spécialité. Les différences sautent aux yeux. La crête supra-orbitaire, l'angle facial, le dessin du maxillaire, le...

— Mais ma spécialité à moi est cela, et les différences sautent également aux yeux. Je vois autant de différence entre les caractères bourgeois d'un article du *Times* et l'impression déplorable d'un journal du soir que vous en percevez entre votre Esquimau et votre Nègre. La connaissance des caractères d'imprimerie est indispensable à tout expert en criminologie. Pourtant je confesse que dans ma jeunesse il m'est arrivé de confondre le *Leeds Mercury* avec le *Western Morning News*. Mais un éditorial du *Times* est tout à fait identifiable, et ces mots ne pouvaient pas avoir été pris ailleurs. La lettre ayant été postée hier, il était probable que nous les retrouverions dans le journal d'hier.

— Si je vous suis bien, monsieur Holmes, dit

Sir Henry Baskerville, quelqu'un a découpé ce message avec des ciseaux...

— Des ciseaux à ongles. Vous pouvez voir que les ciseaux possédaient une lame très courte, puisque le découpeur s'y est pris à deux fois pour " vous tenez ".

— Effectivement. Quelqu'un donc a découpé le message avec des ciseaux à lame courte, en a collé les morceaux avec de la colle...

— De la gomme fondue.

— Avec de la gomme fondue sur le papier à lettre. Mais je voudrais bien savoir pourquoi le mot " lande " a été écrit à la main.

— Parce que le découpeur ne l'a pas trouvé imprimé. Les autres mots étaient courants; ils pouvaient donc être repris dans n'importe quel journal; mais " lande " est moins commun.

— C'est évidemment une explication. Avez-vous tiré autre chose de ce message, monsieur Holmes?

— Deux ou trois bricoles; et pourtant on a veillé soigneusement à ne laisser aucun indice. L'adresse est rédigée en lettres mal formées, mais le *Times* se trouve rarement entre les mains d'un analphabète. Nous pouvons donc déduire que ce message a été composé par un individu instruit qui voulait passer pour un homme du peuple; et le fait qu'il a voulu déguiser sa propre écriture suggère que cette écriture pouvait vous être connue, ou vous devenir connue. D'autre part, vous observerez que les mots ne sont pas collés en ligne droite : certains sont placés plus haut que les autres. " Vie " par exemple est carrément déséquilibré par rapport au reste. Négligence? Hâte et énervement? Je pencherais plutôt pour la précipitation, car l'affaire était d'importance et il est peu vraisemblable que l'auteur d'une telle lettre ait cédé à la négligence. S'il était pressé, une question intéressante se pose : pourquoi était-il pressé, puisque toute lettre postée avant la première levée de ce matin aurait été remise à Sir Henry avant qu'il eût quitté son hôtel. L'auteur du message craignait-il d'être interrompu? Et par qui?

— Nous pénétrons maintenant dans le royaume des devinettes, dit le docteur Mortimer.

— Dites plutôt : sur le terrain où nous pesons les hypothèses afin de retenir les plus vraisemblables. C'est l'emploi scientifique de l'imagination : toujours disposer d'une base matérielle à partir de quoi spéculer. Ceci posé, vous parlerez encore de devinette, mais je tiens pour à peu près certain que l'adresse a été écrite dans un hôtel.

— Pourquoi?

— Si vous l'examinez sérieusement, vous verrez que la plume et l'encre n'étaient guère familières à l'auteur. La plume a crachoté deux fois au cours d'un seul mot, et l'encre s'est épuisée trois fois pour une adresse aussi brève : il y avait donc peu d'encre dans l'encrier. Vous connaissez les porte-plume et les encriers des hôtels : les plumes y sont souvent mauvaises et il n'y a jamais beaucoup d'encre dans les encriers. Oui, je me risque à dire que si nous pouvions inspecter les corbeilles à papier des hôtels des environs de Charing-Cross jusqu'à ce que nous trouvions le numéro mutilé du *Times*, nous pourrions désigner la personne qui vous a envoyé ce message singulier. Oh! oh! Que veut dire cela? »

Il était penché sur le papier ministre où les mots avaient été collés; il l'approcha à quelques centimètres de ses yeux.

« Eh bien?

— Rien, dit-il en le reposant. C'est une demi-feuille de papier blanc, sans même un filigrane. Je crois que nous avons extrait tout ce que nous pouvons de cette lettre bizarre. A présent, Sir Henry, vous est-il arrivé autre chose d'intéressant depuis votre arrivée à Londres?

— Ma foi non, monsieur Holmes. Je ne crois pas.

— Vous n'avez pas remarqué que vous étiez suivi ou surveillé?

— Je débarque en plein roman noir! soupira notre visiteur. Pourquoi, s'il vous plaît, quelqu'un m'aurait-il suivi ou surveillé?

— Nous allons y venir. Vous ne voyez rien d'autre à nous raconter avant que nous vous exposions l'affaire?

— Eh bien, cela dépend de ce que vous jugez digne d'être raconté.

— Je crois que tout ce qui sort de la routine de l'existence mérite d'être mentionné. »

Sir Henry sourit.

« Je connais peu les habitudes anglaises, car j'ai vécu presque entièrement aux États-Unis et au Canada. Mais j'espère que la perte d'un soulier ne fait pas partie de la routine d'une existence anglaise.

— Vous avez perdu l'un de vos souliers?

— Mon cher monsieur! protesta le docteur Mortimer. Mais vous l'avez tout simplement égaré! Vous le retrouverez à l'hôtel. A quoi bon ennuyer M. Holmes avec des bagatelles semblables?

— Ne m'a-t-il pas demandé de lui dire tout ce qui sortait de la routine?

— Certainement, répondit Holmes. Tout, y compris les incidents les plus apparemment puérils. Vous dites que vous avez perdu l'un de vos souliers?

— Perdu, ou égaré. J'en avais mis une paire devant ma porte la nuit dernière; ce matin je n'en ai retrouvé qu'un; je n'ai rien pu tirer du cireur. Le pis est que je venais d'acheter ces souliers dans le Strand, et que je ne les avais jamais chaussés.

— Si vous ne les aviez jamais chaussés, pourquoi vouliez-vous les faire cirer?

— C'était des souliers marron, qui n'avaient jamais été vernis. Voilà pourquoi je les avais mis à ma porte.

— Donc en arrivant à Londres hier, vous êtes sorti tout de suite pour acheter une paire de chaussures?

— J'ai fait diverses emplettes. Le docteur Mortimer m'accompagnait. Comprenez que si je dois devenir châtelain là-bas il faut que je m'habille : or, j'avais plutôt négligé ma garde-robe en Amérique. Entre autres choses j'avais acheté ces souliers marron (ils m'ont coûté six dollars) et l'un m'a été volé avant que je les aie chaussés.

— Il me semble que c'est un objet bien peu

digne d'un vol! dit Sherlock Holmes. Je partage l'avis du docteur Mortimer : vous retrouverez bientôt ce soulier manquant.

— Et maintenant, messieurs, déclara le baronnet avec un air décidé, je pense avoir suffisamment bavardé sur le peu de choses que je connais. Il est temps que vous teniez votre promesse et que vous me mettiez au courant de ce que vous, vous savez.

— Votre requête est on ne peut plus raisonnable, répondit Holmes. Docteur Mortimer, je crois que vous ne pouvez rien faire de mieux que de répéter l'histoire telle que vous nous l'avez contée. »

Notre scientifique ami tira de sa poche ses papiers, et exposa l'affaire comme il l'avait fait vingt-quatre heures plus tôt. Sir Henry Baskerville l'écouta avec la plus vive attention, poussant de temps à autre une exclamation de surprise.

« Eh bien, voilà un héritage qui ne s'annonce pas tout simple! fit-il quand le long récit fut terminé. Bien sûr, j'avais entendu parler du chien depuis ma nursery. C'est une histoire de famille; mais je ne l'avais jamais prise au sérieux. En ce qui concerne la mort de mon oncle... tout cela bouillonne dans ma tête, et je n'y vois pas encore clair. Vous ne semblez pas savoir encore si c'est une affaire pour la police ou pour le clergé.

— Exactement.

— Et maintenant, cette histoire de lettre à mon hôtel... Je suppose qu'elle s'insère dans l'ensemble.

— Elle paraît indiquer, dit le docteur Mortimer, que quelqu'un en sait plus que nous sur ce qui se passe dans la lande.

— Et aussi, ajouta Holmes, que quelqu'un n'est pas mal disposé envers vous, puisque vous voilà averti d'un danger.

— A moins qu'on ne cherche à m'évincer, qu'on ne souhaite me voir quitter les lieux.

— C'est également possible. Je vous suis fort obligé, docteur Mortimer, de m'avoir soumis un problème qui m'offre plusieurs hypothèses intéressantes. Mais le point pratique que nous avons à régler, Sir Henry, est celui-ci : est-il ou non souhaitable que vous alliez à Baskerville Hall?

— Pourquoi n'irais-je pas?

— Parce qu'un danger paraît exister.

— Entendez-vous danger provenant de ce monstre légendaire ou danger provenant d'êtres humains?

— C'est ce qu'il nous faut découvrir.

— N'importe : ma réponse sera la même. Il n'existe pas de démon de l'enfer, monsieur Holmes, ni d'homme sur terre qui puisse m'empêcher de vivre dans la demeure de ma propre famille. Vous pouvez considérer cela comme mon dernier mot... »

Ses sourcils noirs se froncèrent et son visage se colora. Visiblement le feu du tempérament des Baskerville n'était pas éteint dans leur dernier représentant.

« ... En attendant, poursuivit-il, j'ai à peine eu le temps de réfléchir à tout ce que vous m'avez dit. C'est beaucoup demander à un homme que d'apprendre et de décider coup sur coup. Je voudrais disposer d'une heure de tranquillité. Monsieur Holmes, il est maintenant onze heures trente et je vais rentrer directement à mon hôtel. Accepteriez-vous de venir, vous et votre ami le docteur Watson, déjeuner avec nous? Je pourrai mieux vous préciser mes réactions.

— Êtes-vous d'accord, Watson?

— Tout à fait.

— Alors comptez sur nous. Voulez-vous que je commande un fiacre?

— Je préférerais marcher à pied, car cette affaire m'a un peu étourdi.

— Je vous accompagnerai avec plaisir, dit le docteur Mortimer.

— Alors rendez-vous à deux heures. Au revoir! »

Nous entendîmes les pas de nos visiteurs descendre l'escalier, puis la porte d'en bas se refermer. En un instant Holmes se métamorphosa : le rêveur fit place à l'homme d'action.

« Vite, Watson! Votre chapeau, et chaussez-vous! Il n'y a pas une minute à perdre! »

Il se précipita dans sa chambre pour troquer sa robe de chambre contre une redingote. Nous descendîmes quatre à quatre l'escalier. Dans la rue, le docteur Mortimer et Baskerville nous devançaient de deux cents mètres à peu près dans la direction d'Oxford Street.

« Faut-il que je coure et que je les rattrape?

— Pour rien au monde, mon cher Watson! Je me contenterai avec joie de votre société, si vous acceptez la mienne. Nos amis ont raison : c'est une matinée idéale pour la marche. »

Il accéléra l'allure pour réduire la distance qui nous séparait. Puis, quand nous nous trouvâmes à une centaine de mètres derrière eux, nous prîmes par Oxford Street et Regent Street. Nos amis s'arrêtèrent devant une devanture; Holmes les imita. Un moment plus tard il poussa un petit cri de satisfaction; suivant la direction de son regard aigu, je repérai un fiacre, à l'intérieur duquel un homme était assis : le fiacre s'était arrêté de l'autre côté de la rue; mais à présent il se remettait lentement en marche.

« Voici notre homme, Watson! Venez! Il faut qu'au moins nous connaissions sa tête... »

J'aperçus une barbe noire hirsute et deux yeux perçants qui nous dévisageaient à travers la vitre latérale du fiacre. Immédiatement le toit se referma, le cocher reçut un ordre, et le cheval s'emballa pour descendre Regent Street au grand galop. Désespérément, Holmes chercha un fiacre libre, mais il n'y en avait aucun dans les environs. Alors, courant en plein milieu de la rue, il se lança à la poursuite du barbu; mais son handicap était trop grand; le fiacre disparut.

« Ah ça! s'écria Holmes, furieux, émergeant essoufflé et pâle de rage. A-t-on déjà vu pareille malchance, et aussi pareil défaut d'organisation? Watson, Watson, si vous êtes honnête, vous relaterez aussi cet incident, et vous l'inscrirez dans la colonne " passif " de mon bilan!

— Qui était l'homme?

— Je n'en ai aucune idée.

— Un espion?

— D'après ce que nous avons appris, il est évident que Baskerville a été suivi de très près depuis qu'il est arrivé à Londres. Autrement comment aurait-on pu savoir si vite qu'il avait choisi de descendre au Northumberland Hotel? Du moment qu'on l'avait suivi le premier jour, j'étais sûr qu'on le suivrait le jour suivant. Peut-être vous rappelez-vous que pendant que le docteur Mortimer nous lisait son récit je suis allé à deux reprises regarder par la fenêtre.

— Oui, je m'en souviens.

— Je voulais savoir si un badaud ne flânait pas devant notre porte. Je n'ai vu personne. Nous avons affaire à un habile homme, Watson. Cette histoire va très profond; je ne sais pas encore tout à fait si nous sommes sur la piste d'un ange gardien ou d'un criminel, mais il s'agit d'un être animé d'une volonté tenace. Quand nos amis sont partis, j'ai voulu les suivre aussitôt dans l'espoir de déceler leur surveillant invisible. Mais celui-ci a été assez malin pour ne pas se fier à ses propres jambes : il s'était caché dans un fiacre, afin de pouvoir les suivre ou les dépasser sans être remarqué. Méthode qui présentait aussi un autre avantage : s'ils avaient pris un fiacre, il aurait pu poursuivre sa filature. Méthode tout de même qui n'est pas sans inconvénient.

— Elle le met à la discrétion du cocher.

— Exactement.

— Quel dommage que nous n'ayons pas relevé le numéro!

— Mon cher Watson, j'ai beau être maladroit, vous n'imaginez tout de même pas que j'aie négligé le numéro: 2704, voilà son numéro. Mais pour l'instant il ne nous est guère utile!

— Je ne vois pas ce que vous auriez pu faire de plus.

— Quand j'ai repéré le fiacre, j'aurais dû faire aussitôt demi-tour et marcher dans la direction opposée. Alors j'aurais eu tout loisir de prendre un autre fiacre, ou, mieux encore, je me serais rendu au Northumberland Hotel et j'aurais attendu là. Une fois que notre inconnu aurait suivi Baskerville jusqu'à son hôtel, nous aurions pu alors jouer son jeu à ses dépens, et nous aurions su où il allait ensuite. En fait, par notre ardeur imprudente qui a été surclassée par la rapidité et l'énergie de notre adversaire, nous nous sommes démasqués et nous avons perdu notre homme. »

Tout en discutant nous avions lentement déambulé dans Regent Street; le docteur Mortimer et son compagnon étaient depuis longtemps hors de vue.

« Nous n'avons aucune raison de les suivre, dit Holmes. L'ombre s'est enfuie et ne reviendra pas. Il nous reste à compter les autres atouts que nous avons en main, et à les jouer avec décision. Pourriez-vous reconnaître cette tête sous la foi du serment?

— Sous la foi du serment? Juste la barbe.

— Moi aussi. J'en déduis que selon toute probabilité cette barbe était postiche. Un homme habile, pour une mission aussi délicate, ne porte de barbe que pour dissimuler ses traits. Entrons ici, Watson! »

Il entra dans un bureau de messageries, dont le directeur l'accueillit chaleureusement.

« Ah! Wilson, je vois que vous n'avez pas oublié la petite affaire où j'ai eu la chance de pouvoir vous aider?

— Oh! non, monsieur, je ne l'ai pas oubliée! Vous avez sauvé ma réputation, et peut-être ma tête.

— Vous exagérez, mon bon ami! Il me semble, Wilson, que vous avez parmi vos jeunes commissionnaires un gosse qui s'appelle Cartwright, et qui n'a pas manqué d'adresse pendant l'enquête.

— En effet, monsieur; il travaille encore ici.

— Pouvez-vous me l'amener? Merci! Et vous m'obligeriez en me donnant la monnaie de ce billet de cinq livres. »

Un garçonnet de quatorze ans au visage éveillé, intelligent, arriva bientôt. Il se mit au garde-à-vous devant le célèbre détective.

« Donnez-moi le répertoire des hôtels, commanda Holmes. Merci! A présent, Cartwright, voici les noms de vingt-trois hôtels, tous dans les environs immédiats de Charing-Cross. Vous voyez?

— Oui, monsieur.

— Vous les visiterez à tour de rôle.

— Oui, monsieur.

— Dans chacun vous commencerez par donner un shilling au portier. Voici vingt-trois shillings.

— Oui, monsieur.

— Vous lui direz que vous voulez voir les papiers mis hier au rebut. Vous direz qu'un télégramme important a été jeté par erreur, et que vous avez ordre de le rechercher. Comprenez-vous?

— Oui, monsieur.

— Mais ce n'est pas un télégramme que vous rechercherez. C'est une page intérieure du *Times*, découpée avec des ciseaux. Voici un numéro du

Times. C'est cette page-ci. Vous pourrez la reconnaître facilement, n'est-ce pas?

— Oui monsieur.

— Chaque fois, le portier appellera un chasseur, à qui vous remettrez également un shilling. Voici vingt-trois shillings. Il est parfaitement possible que sur les vingt-trois hôtels, il s'en trouve vingt où les rebuts de la veille aient été brûlés ou détruits. Dans les trois autres cas on vous montrera un tas de vieux papiers; vous y chercherez cette page du *Times*. Vos chances pour la retrouver sont minimes. Voici dix shillings supplémentaires en cas de besoin. Faites-moi un rapport télégraphique à Baker Street avant ce soir. Et maintenant, Watson, nous avons à rechercher non moins télégraphiquement l'identité du cocher 2704. Après quoi les galeries de peinture de Bond Street nous distrairont jusqu'à l'heure de notre rendez-vous. »

CHAPITRE V

TROIS FILS SE CASSENT

Sherlock Holmes possédait au plus haut degré la faculté très remarquable de se libérer l'esprit à volonté. Pendant deux heures il sembla avoir oublié l'étrange affaire à laquelle nous nous trouvions mêlés, et il eut l'air de ne s'intéresser qu'aux maîtres de la peinture flamande moderne. Quand nous quittâmes la galerie de tableaux, il ne parla que d'art en professant des théories passablement frustes, jusqu'à ce que nous arrivions au Northumberland Hotel.

« Sir Henry Baskerville est en haut et vous attend, nous dit l'employé de la réception. Il m'a prié de vous faire monter immédiatement.

— Verriez-vous un inconvénient à ce que je jette un coup d'œil sur votre registre ? demanda Holmes.

— Pas le moindre. »

Le registre révélait que deux noms avaient été inscrits après celui de Sir Henry. L'un était Théophilus Johnson, avec sa famille, de Newcastle ; l'autre Mme Oldmore et sa femme de chambre, de High Lodge, Alton.

« Il s'agit sûrement du Johnson que nous

connaissons, dit Holmes à l'employé. Un juriste, n'est-ce pas, qui a des cheveux blancs et qui boitille ?

— Non, monsieur. Ce M. Johnson est un propriétaire de mines de charbon, très alerte, pas plus âgé que vous.

— Vous êtes certain que vous ne vous trompez pas au sujet de sa profession ?

— Non, monsieur. Il est notre client depuis de nombreuses années et nous le connaissons bien.

— Alors n'en parlons plus. Mme Oldmore... il me semble que ce nom me dit quelque chose. Excusez ma curiosité, mais vous savez qu'en rendant visite à un ami, on tombe souvent sur un autre ami.

— C'est une dame infirme, monsieur. Son mari a été maire de Gloucester. Elle descend toujours chez nous quand elle vient à Londres.

— Merci. Je ne pense pas la connaître... Par ces questions, Watson, nous avons marqué un point important : nous savons que les gens qui s'intéressent si vivement à notre ami ne sont pas descendus à son hôtel. Ce qui signifie que, comme nous nous en sommes aperçus, ils le surveillent de près, mais aussi qu'ils sont très attentifs à ce que lui ne les voie pas. C'est un élément qui donne à penser.

— A penser quoi ?

— A penser que... Oh ! oh ! Mon cher ami, que diable se passe-t-il ? »

Comme nous arrivions en haut de l'escalier, nous nous étions heurtés à Sir Henry Baskerville en personne. Il avait le visage empourpré de fureur, et il tenait à la main un vieux soulier poussiéreux. Il était si en colère qu'il pouvait à peine articuler; quand il retrouva l'usage de la parole, ce fut pour employer un langage beaucoup plus américain que celui dont il avait usé le matin.

« J'ai l'impression qu'on me prend ici pour un pigeon! cria-t-il. Si l'on me cherche on me trouvera. Nom d'un tonnerre! si ce type ne peut pas retrouver le soulier qu'il m'a kidnappé, ça fera du bruit! Je ne déteste pas la plaisanterie, monsieur Holmes, mais cette fois-ci on va un peu fort!

— Vous cherchez encore votre soulier?

— Oui, monsieur. Et je le trouverai!

— Vous m'aviez bien dit que c'était un soulier neuf márron?

— C'était en effet un soulier neuf marron, monsieur. Et c'est un vieux soulier noir qu'on me vole maintenant!

— Comment! Vous ne voulez pas dire?...

— Si, si! c'est exactement ce que je veux dire. J'avais en tout et pour tout trois paires de chaussures : la neuve marron. la vieille noire, et les vernies que j'ai aux pieds. La nuit dernière on m'a volé un soulier marron, et aujourd'hui on m'a piqué une chaussure noire. Alors, vous l'avez retrouvée? Parlez, au moins! Ne roulez pas des yeux en billes de loto! »

Un valet de chambre allemand, fort ému, venait d'apparaître.

« Non, monsieur. J'ai cherché dans tout l'hôtel, mais je n'ai rien trouvé.

— Écoutez-moi : ou bien ce soulier me sera rendu avant ce soir, ou bien je me rends chez le directeur pour lui annoncer que je quitte immédiatement cet hôtel.

— On le retrouvera, monsieur... Je vous jure que si vous avez un peu de patience on le retrouvera !

— Je l'espère! Car ce sera le dernier objet que je perdrai dans cette caverne de voleurs... Monsieur Holmes, pardonnez-moi de vous agacer avec de semblables bagatelles...

— Je pense qu'elles valent la peine qu'on s'en occupe.

— Comment! Vous voilà tout grave...

— Avez-vous une explication à m'offrir?

— Moi ? Mais je n'essaie même pas d'expliquer ! C'est la chose la plus folle, la plus étrange qui, je crois, m'est arrivée.

— La plus étrange, soit! dit Holmes en réfléchissant.

— Qu'en pensez-vous ?

— Ma foi, je ne prétends pas m'être déjà fait une opinion. Votre affaire est très compliquée, très complexe, Sir Henry. Quand je relie toutes ces incidences à la mort de votre oncle, je me demande si parmi les cinq cents affaires capitales dont j'ai eu à m'occuper, il s'en est trouvé une avec des ramifications d'une aussi grande profondeur. Heureusement nous tenons quelques fils; l'un ou l'autre nous conduira bien à la vérité : il se peut que nous perdions du temps en suivant une mauvaise piste, mais tôt ou tard nous tomberons sur la bonne. »

Nous déjeunâmes fort agréablement, sans faire beaucoup d'allusions à l'affaire qui nous avait réunis. Holmes attendit que nous ayons pris place dans le petit salon attenant à la chambre de Sir Henry pour lui demander quelles étaient ses intentions.

« Je vais me rendre à Baskerville Hall.

— Quand ?

— A la fin de la semaine.

— A tout prendre, répondit Holmes, je crois que votre décision est sage. J'ai toutes raisons de croire que vous êtes surveillé à Londres ; parmi les millions d'habitants de cette grande ville il est difficile de découvrir qui sont ces gens et ce qu'ils veulent. S'ils projettent de noirs desseins, ils peuvent vous faire du mal et nous serions impuissants à l'empêcher. Vous ne saviez pas, docteur Mortimer, que vous avez été suivis ce matin sitôt sortis de chez moi ? »

Le docteur Mortimer sursauta.

« Suivis ? Et par qui ?

— Hélas ! je ne saurais vous le dire. Au nombre de vos amis ou connaissances dans Dartmoor, voyez-vous un homme avec une grande barbe noire ?

— N... non ! Attendez ! Si. Barrymore, le maître d'hôtel de Sir Charles, porte une grande barbe noire.

— Ah ! Où est Barrymore ?

— Il garde le manoir.

— Je voudrais bien vérifier s'il est là-bas, ou s'il ne se trouve pas par hasard à Londres.

— Comment le savoir ?

— Donnez-moi une formule de télégramme. “ Tout est-il prêt pour Sir Henry? ” Adresse : M. Barrymore, Baskerville Hall. Quel est le bureau de poste le plus proche? Grimpen. Très bien. Nous allons envoyer un deuxième télégramme au chef du bureau de poste de Grimpen : “ Télégramme pour M. Barrymore, à remettre en main propre. Si absent, prière de renvoyer le télégramme à Sir Henry Baskerville, Northumberland Hotel. ” Avant ce soir nous devrions être fixés, et savoir si Barrymore est fidèle à son poste dans le Devonshire.

— D’accord! dit Baskerville. A propos, docteur Mortimer, qui est ce Barrymore?

— Le fils du vieux concierge décédé. Depuis quatre générations les Barrymore sont les gardiens du manoir. Pour autant que je sache, lui et sa femme forment un couple tout à fait respectable.

— En tout cas, observa Baskerville, tant que personne ne loge au manoir, ces gens jouissent d’une demeure agréable et n’ont rien à faire.

— C’est vrai!

— Est-ce que ce Barrymore a été avantagé dans le testament de Sir Charles? s’enquit Holmes.

— Lui et sa femme ont reçu chacun cinq cents livres.

— Ah! Savaient-ils qu’ils recevraient cette somme?

— Oui. Sir Charles aimait beaucoup parler de ses dispositions testamentaires.

— Voilà qui est très intéressant!

— J’espère, dit le docteur Mortimer, que vous ne soupçonnerez pas tous ceux qui ont reçu un legs de Sir Charles, car il m'a laissé mille livres.

— Vraiment! Et quels ont été les autres bénéficiaires?

— Des sommes insignifiantes ont été versées à divers individus et à des œuvres de charité. Tout le reste revient à Sir Henry.

— A combien se monte le reste?

— A sept cent quarante mille livres. »

Holmes haussa les sourcils.

« Je ne me doutais nullement qu'il s'agissait d'une somme aussi élevée! fit-il.

— Sir Charles avait la réputation d'être riche, mais nous n'avons pu évaluer sa richesse que lorsque nous avons examiné ses valeurs. La valeur totale de ses biens approchait du million.

— Seigneur! Voilà un enjeu digne d'inciter quelqu'un à jouer une partie désespérée. Encore une question, docteur Mortimer! En supposant qu'il arrive un accident à notre jeune ami (pardonnez-moi cette hypothèse déplaisante), qui hériterait de la fortune?

— Puisque Rodger Baskerville, le frère cadet de Sir Charles, est mort célibataire, les biens reviendraient aux Desmond, cousins éloignés. James Desmond est un clergyman âgé du Westmorland.

— Merci. Ces détails m'intéressent vivement. Avez-vous déjà vu M. James Desmond?

— Oui. Il est venu une fois chez Sir Charles. C'est un homme vénérable qui mène une vie de saint. Je me rappelle qu'il a refusé à Sir Charles de s'installer à Baskerville bien qu'il en eût été instamment prié.

— Et cet homme à goûts modestes serait l'héritier de la fortune de Sir Charles?

— Il serait l'héritier du domaine, qui serait ainsi substitué à son profit. Il hériterait aussi de l'argent, sauf si l'argent était légué à quelqu'un d'autre par son actuel détenteur qui peut, naturellement, en disposer à son gré.

— Avez-vous fait votre testament, Sir Henry?

— Non, monsieur Holmes. Je n'en ai pas eu le temps, puisque c'est seulement hier que j'ai été mis au courant des événements. Néanmoins, je pense que l'argent devrait accompagner le titre et le domaine, comme le pensait mon pauvre oncle. Comment le propriétaire pourrait-il restaurer Baskerville dans sa splendeur s'il est privé d'argent? La maison, la terre, l'argent, tout va ensemble.

— Très juste! Eh bien, Sir Henry, j'approuve tout à fait votre désir de descendre dans le Devonshire. A cette réserve près que vous ne devez pas y aller seul.

— Le docteur Mortimer rentre avec moi.

— Mais le docteur Mortimer a ses malades, et il habite à plusieurs kilomètres du manoir. Avec toute la meilleure volonté du monde, il serait impuissant à vous aider. Non, Sir Henry, il faut que vous preniez avec vous un homme de confiance qui resterait constamment auprès de vous.

— Pouvez-vous m'accompagner, monsieur Holmes?

— Si une crise aiguë se déclarait, je m'efforcerais d'être personnellement présent. Mais vous comprenez bien qu'avec ma clientèle considérable et les appels quotidiens qui me viennent de toutes les parties du monde, il m'est impossible de quitter Londres pour une période indéterminée. Actuellement un maître chanteur s'attaque à l'un des noms les plus respectés d'Angleterre, et moi seul suis capable de prévenir un scandale désastreux. Il m'est donc interdit de me rendre là-bas.

— Qui me recommanderiez-vous, dans ce cas ? »

Holmes posa sa main sur mon bras.

« Si mon ami voulait accepter, je ne connais pas de plus sûr compagnon dans une passe difficile. Personne plus que moi ne peut témoigner pour lui. »

La proposition m'avait pris complètement au dépourvu ; mais avant que j'aie eu le temps de répondre, Baskerville m'avait pris la main et la secouait chaleureusement.

« Eh bien, ce serait vraiment très gentil de votre part, docteur Watson ! me dit-il. Vous voyez ce qu'il en est ; vous en savez autant que moi. Si vous descendez à Baskerville, et si vous m'aidez, je ne l'oublierai jamais. »

J'étais toujours séduit par la perspective d'une aventure ; les paroles de Holmes m'encouragèrent, de même que la vivacité avec laquelle le baronnet m'agréait comme compagnon.

« J'irai avec plaisir, dis-je. Je ne vois pas comment je pourrais mieux employer mon temps.

— Et vous me tiendrez très soigneusement au courant, ajouta Holmes. Quand surviendra une crise, ce à quoi il faut vous attendre, je vous dirai comment agir. Je suppose que tout pourrait être prêt pour samedi soir ?

— Cette date convient-elle au docteur Watson?

— Tout à fait.

— Donc samedi prochain, sauf contrordre, nous nous retrouverons au train de dix heures trente à la gare de Paddington. »

Nous nous étions levés pour prendre congé quand Baskerville poussa un cri de joie : il plongea dans l'un des coins de la pièce et retira d'un placard entrouvert un soulier marron neuf.

« Mon soulier! s'exclama-t-il?

— Puissent toutes les autres difficultés s'aplanir aussi aisément! murmura Sherlock Holmes.

— Mais c'est très curieux! observa le docteur Mortimer. Avant déjeuner j'avais fouillé cette pièce de fond en comble.

— Moi aussi, dit Baskerville. Mètre carré après mètre carré.

— Le soulier n'était certainement pas là.

— Le valet de chambre a dû le ranger pendant que nous déjeunions. »

Le valet de chambre allemand fut questionné, mais il affirma n'être au courant de rien, et le problème demeura entier. Une autre énigme s'ajoutait donc à cette série ininterrompue de petits mystères apparemment sans signification. Mise à part la sinistre histoire de la mort de Sir Charles, nous nous trouvions en face d'une suite d'incidents inexplicables survenus dans les dernières quarante-huit heures : la réception de la lettre constituée par des mots imprimés, l'espion barbu dans le fiacre, la perte de la chaussure neuve, la perte du vieux soulier noir, le retour de la chaussure neuve... Pendant que nous roulions vers Baker Sreet,

Holmes demeura silencieux; ses sourcils froncés, son regard aigu m'indiquaient que comme moi il essayait de construire un cadre où insérer logiquement tous ces épisodes. Tout l'après-midi et le soir il resta assis à méditer et à fumer.

Juste avant le dîner, on nous apporta deux télégrammes; le premier était ainsi conçu :

« Viens d'apprendre que Barrymore est au manoir — Baskerville. »

L'autre disait :

« Ai visité vingt-trois hôtels comme convenu. Regrette n'avoir pas trouvé trace de feuille déchirée du *Times* — Cartwright. »

« Deux de mes fils viennent de se casser, Watson. Mais rien n'est plus stimulant qu'une affaire où tout contrecarre l'enquêteur. Il nous faut chercher une autre piste.

— Nous avons encore le cocher qui conduisait le mouchard.

— Oui. J'ai télégraphié pour avoir son adresse. Je ne serais pas autrement surpris si ce coup de sonnette m'annonçait la réponse que j'attends. »

Il nous annonçait mieux : un individu aux traits rudes apparut sur le seuil; c'était le cocher lui-même.

« J'ai reçu un message de la direction qu'un gentleman à cette adresse avait quelque chose à demander au 2704, dit-il. Voilà sept ans que je conduis et personne n'a jamais réclamé. Je suis venu droit chez vous pour vous demander en face ce que vous avez contre moi.

— Je n'ai rien contre vous, mon brave! répondit Holmes. Au contraire, je tiens à votre disposition un demi-souverain si vous me donnez les renseignements dont j'ai besoin.

— Qu'est-ce que vous voulez savoir, monsieur? demanda le cocher avec son plus large sourire.

— D'abord votre nom et votre adresse, pour le cas où j'aurais à vous revoir.

— John Clayton, 3, Turpey Street, dans le Borough. Mon fiacre est en station à Shipley's Yard, près de la gare de Waterloo. »

Sherlock Holmes nota ces renseignements.

« Maintenant, Clayton, parlez-moi du client qui est venu devant cette maison à dix heures ce matin et qui, après, a suivi deux gentlemen dans Regent Street. »

Le cocher eut l'air surpris et vaguement embarrassé.

« Ma foi, je ne vois pas pourquoi je vous le raconterais, car vous semblez en savoir autant que moi, dit-il. La vérité est que ce gentleman m'a dit qu'il était détective, et que je ne devais parler de lui à personne.

— Mon ami, il s'agit d'une affaire très grave. Vous vous trouveriez vite dans une situation désagréable si vous tentiez de me cacher quelque chose. Ce client vous a donc déclaré qu'il était détective?

— Oui, c'est ce qu'il m'a déclaré.

— Quand vous l'a-t-il déclaré?

— Quand il est monté dans ma voiture.

— Ne vous a-t-il rien dit de plus?

— Il m'a dit son nom. »

Holmes me lança un regard de triomphe.

« Ah! il vous a dit comment il s'appelait, eh?

C'était bien imprudent! Et comment s'appelait-il?

— Il s'appelait, nous dit le cocher, M. Sherlock Holmes. »

Jamais je n'avais vu mon ami pareillement abasourdi. Pendant une minute il demeura immobile, pétrifié. Puis il éclata de rire.

« Touché, Watson! Indiscutablement touché! dit-il. Je sens un fleuret aussi rapide et aussi souple que le mien. Il m'a touché très joliment cette fois-ci. Donc il s'appelait Sherlock Holmes?

— Oui, monsieur, c'était le nom du gentleman.

— Bravo! Dites-moi où vous l'avez pris en charge, et tout ce qui s'est passé.

— Il m'a hélé vers neuf heures et demie dans Trafalgar Square. Il m'a dit qu'il était détective, et il m'a offert deux guinées pour que je fasse exactement ce qu'il voudrait toute la journée sans poser de questions. J'ai été bien content d'accepter! D'abord nous sommes allés devant le Northumberland Hotel, et nous avons attendu la sortie de deux messieurs qui ont pris un fiacre à la station. Nous les avons suivis jusqu'à un endroit près d'ici.

— Jusqu'à cette porte, dit Holmes.

— Ça, je n'en suis pas absolument sûr; mais mon client pourrait vous le dire, lui. Nous nous sommes arrêtés dans la rue et nous avons attendu une heure et demie. Puis les deux gentlemen sont ressortis, nous ont dépassés à pied, et nous les avons suivis dans Baker Street...

— Je sais, dit Holmes.

— ... Jusqu'à ce que nous arrivions aux trois quarts de Regent Street. Là mon client a refermé le toit, m'a crié de foncer à la gare de Waterloo. J'ai fouetté la jument, et nous sommes arrivés en dix minutes. Il m'a payé mes deux guinées, comme convenu, et il s'est précipité dans la gare. Juste comme il me quittait il s'est retourné et m'a lancé : " Peut-être serez-vous content de savoir que vous avez conduit M. Sherlock Holmes? " Voilà comment j'ai su son nom.

— Je comprends. Et vous ne l'avez plus revu?

— Pas après qu'il fut entré dans la gare.

— Et comment décririez-vous M. Sherlock Holmes? »

Le cocher se gratta la tête.

« Ben, c'est que le gentleman n'est pas facile à décrire! Je dirais qu'il avait une quarantaine d'années, qu'il était de taille moyenne, une dizaine de centimètres de moins que vous, monsieur. Il était habillé comme quelqu'un de bien, il avait une barbe noire, terminée en carré, et une figure pâle. Je ne sais pas si je pourrais trouver autre chose à dire...

— La couleur de ses yeux?

— Je n'en sais rien.

— C'est tout?

— Oui, monsieur. Tout.

— Bon. Voici votre demi-souverain. Un autre vous attend si vous pouvez me rapporter d'autres renseignements. Bonne nuit!

— Bonne nuit, monsieur! Et merci! »

John Clayton partit en gloussant de joie; Holmes se tourna vers moi; il haussa les épaules et sourit lugubrement.

« Voilà cassé net notre troisième fil, dit-il. Nous

en sommes revenus à notre point de départ. Rusé coquin! Il connaissait notre adresse, il savait que Sir Henry Baskerville m'avait consulté, il m'avait repéré dans Regent Street, il avait deviné que je noterais le numéro de son fiacre et que je mettrais la main sur le cocher, et il m'a fait tenir ce message impertinent. Je vous le dis, Watson, cette fois nous avons un adversaire digne de croiser notre fer. J'ai été mis échec et mat à Londres. Je vous souhaite meilleure chance dans le Devonshire. Mais je ne suis pas rassuré.

— A quel propos?

— Pas rassuré de vous envoyer là-bas. C'est une sale affaire, Watson, une sale affaire, une affaire périlleuse; plus je la considère et moins elle me plaît. Oui, mon cher ami, vous pouvez rire, mais je vous donne ma parole que je serai très heureux de vous voir de retour sain et sauf à Baker Street. »

CHAPITRE VI

LE MANOIR DES BASKERVILLE

Sir Henry Baskerville et le docteur Mortimer furent prêts au jour dit, et nous partîmes comme prévu pour le Devonshire. M. Sherlock Holmes m'avait conduit à la gare et m'avait donné ses dernières instructions et ses suprêmes conseils.

« Je ne veux pas vous embrouiller l'esprit en vous suggérant une théorie ou quelques soupçons, Watson, m'avait-il expliqué. Je désire simplement que vous me rendiez compte des faits le plus complètement possible, et que vous me laissiez le soin d'en déduire une théorie.

— Quel genre de faits?

— Tous ceux qui vous paraîtront avoir un rapport, même indirect, avec l'affaire; spécialement les relations entre le jeune Baskerville et ses voisins, ou n'importe quel détail neuf sur la mort de Sir Charles. Ces derniers jours je me suis livré à diverses petites enquêtes; mais leurs résultats ont été, je le crains, négatifs. Une seule chose semble certaine : ce M. James Desmond, le plus proche héritier, est un gentleman âgé d'un tempérament fort doux; la persécution n'émane donc pas de lui. Je crois vraiment que nous pouvons l'éliminer de nos calculs. Reste l'entourage de Sir Henry Baskerville sur la lande.

— Ne vaudrait-il pas mieux, pour commencer, se débarrasser de ces Barrymore?

— Surtout pas! Il n'y aurait pas de faute plus grave. S'ils sont innocents, ce serait commettre une injustice cruelle; s'ils sont coupables, ce serait renoncer à établir cette culpabilité. Non, non! gardons-les sur notre liste de suspects. En outre il y a un valet au manoir, si je me souviens bien. Il y a deux fermiers sur la lande. Il y a notre ami le docteur Mortimer, que je crois parfaitement honnête, et il y a sa femme, dont nous ne savons rien. Il y a ce naturaliste Stapleton, et il y a sa sœur, dont on dit qu'elle est une jeune dame pleine d'attraits. Il y a M. Frankland, de Lafter Hall, qui est aussi un élément inconnu, et il y a encore deux ou trois autres voisins. Tels sont les gens que vous devez étudier spécialement.

— Je ferai de mon mieux.

— Vous êtes armé, je suppose?

— Oui. J'ai pensé que c'était plus sage.

— Bien sûr! Gardez votre revolver à portée jour et nuit, et ne négligez aucune précaution. »

Nos amis avaient retenu un compartiment de première classe, et ils nous attendaient sur le quai.

« Non, nous n'avons aucune nouvelle, nous répondit le docteur Mortimer. Je ne peux vous certifier qu'une chose, c'est que nous n'avons pas été suivis pendant ces deux jours. Nous ne sommes jamais sortis sans faire très attention, et un suiveur n'aurait pu passer inaperçu.

— J'imagine que vous êtes demeurés constamment ensemble ?

— Sauf hier après-midi. Quand je viens dans la capitale, je consacre habituellement une journée aux récréations; je suis donc allé au Muséum de la Faculté de médecine.

— Et moi j'ai regardé la foule dans le Park, dit Baskerville. Mais nous n'avons eu aucun ennui.

— C'était toutefois imprudent! constata Holmes en secouant la tête d'un air très sérieux. Je vous prie, Sir Henry, de ne pas vous promener seul. Si vous le faites il vous arrivera de graves désagréments. Avez-vous récupéré votre autre soulier ?

— Non, monsieur, celui-là est parti pour toujours.

— Vraiment ? Intéressant ! Eh bien, messieurs, au revoir ! fit-il, car le train s'ébranlait. Gardez en mémoire, Sir Henry, l'une des phrases de cette étrange légende que le docteur Mortimer nous a lue : évitez la lande pendant ces heures d'obscurité où s'exaltent les Puissances du Mal. »

Alors que le train roulait, je regardai encore le quai : la grande silhouette austère de Holmes se tenait immobile, tournée dans notre direction.

Le voyage fut bref et agréable. Je fis plus ample connaissance avec mes deux compagnons et je jouai avec l'épagneul du docteur Mortimer pour me distraire. En peu de temps, le sol était devenu rougeâtre, la brique s'était transformée en granit, des vaches rouges paissaient dans des champs clôturés où l'herbe bien verte et une végétation plus luxuriante annonçaient une humidité plus grande. Le jeune Baskerville regardait avidement par la fenêtre du compartiment, et il poussa de véritables cris de joie quand il reconnut le décor familial du Devon.

« Je me suis beaucoup promené de par le monde depuis que j'ai quitté ces lieux, me dit-il. Mais jamais je n'ai vu d'endroit comparable à ceci.

— Je ne connais pas un habitant du Devonshire qui ne mette son pays natal au-dessus de tout, répondis-je.

— Cela dépend de la race autant que du pays, observa le docteur Mortimer. Regardez notre ami : un simple coup d'œil vous révèle la tête arrondie du Celte, à l'intérieur de laquelle bouillonnent deux qualités du Celte : l'enthousiasme et la faculté de s'attacher. La tête du pauvre Sir Charles était d'un type très rare, avec des caractéristiques mi-gaéliques, mi-iverniennes. Mais vous étiez fort jeune quand vous avez vu pour la dernière fois Baskerville Hall, n'est-ce pas?

— Quand mon père est mort j'avais une dizaine d'années, et je n'avais jamais vu le Hall, car il habitait une villa sur la côte du Sud. De là je partis directement pour l'Amérique. Tout est aussi neuf pour moi que pour le docteur Watson, et j'attends avec impatience de voir la lande.

— C'est vrai? fit le docteur Mortimer. Alors votre désir va être promptement exaucé, car voici les premiers contreforts de la lande. »

Au-delà des quadrilatères verts des champs et de la basse courbure d'une forêt, se dressait à distance une colline grise, mélancolique, dont le sommet était étrangement déchiqueté; vue de si loin, sa forme se dessinait mal; elle ressemblait au décor fantastique d'un rêve. Baskerville demeura assis sans mot dire, le regard immobilisé sur cette colline, et je devinai à son expression tout ce que représentait pour lui cette première vision d'un endroit sauvage sur lequel les hommes de son sang avaient longtemps régné et laissé des traces profondes. Assis dans le coin d'un prosaïque compartiment de chemin de fer avec son costume de tweed et son accent américain, il me donnait néanmoins, quand je scrutais son visage brun et sensible, l'impression qu'il était bien l'héritier de cette longue lignée de seigneurs à sang vif, farouche, dominateur. Dans les sourcils épais, les narines frémissantes, les grands yeux noisette, il y avait de la fierté, du courage, de la force. Si la lande devait être l'objet d'investigations difficiles et dangereuses, Sir Henry était du moins un camarade en l'honneur de qui on pouvait prendre un risque en étant sûr qu'il le partagerait crânement.

Le train s'arrêta à une petite gare, et nous descendîmes. Dehors, derrière la barrière blanche et basse, un break attelé attendait. Notre arrivée prit l'allure d'un grand événement : le chef de gare et les porteurs se disputèrent nos bagages. La campagne était paisible et douce. Mais je m'étonnai de voir près de la porte deux militaires appuyés sur leurs fusils qui nous dévisagèrent attentivement quand nous passâmes devant eux. Le cocher, petit bonhomme tout tordu au visage rude, salua Sir Henry Baskerville; quand les bagages furent chargés, le break démarra et nous nous engageâmes sur une route large et blanche.

De chaque côté s'étendaient des pâturages en pente; de vieilles maisons à pignons surgissaient parmi des feuillages serrés; mais derrière cette campagne accueillante et éclairée par le soleil, courait toujours, sombre contre le ciel du soir, la longue incurvation de la lande sauvage, que coupaient seulement des collines désolées aux arêtes vives.

Le break tourna dans une route secondaire et nous grimpâmes alors, par des chemins creusés d'ornières et défoncés par des siècles de roues, vers un plateau bordé de mousse, de fougères, de ronces. Sans cesser de monter, nous franchîmes un pont étroit de pierre et nous longeâmes un petit torrent bruyant qui écumait et mugissait en descendant des rochers gris. La route et le torrent serpentaient à travers une vallée où abondaient chênes rabougris et sapins. A chaque tournant Baskerville laissait échapper une exclamation de plaisir : il dévorait des yeux le paysage et nous accablait de questions. Tout lui semblait magnifique. Par contre je ne pouvais me défendre contre la mélancolie du décor qui reflétait si bien le déclin de l'année. Les chemins étaient tapissés de feuilles jaunes qui voletaient mollement à notre passage. Le fracas des roues s'amortissait sur des tas de végétation pourrissante, tristes cadeaux de bienvenue, me sembla-t-il, de la nature à l'héritier des Baskerville!

« Hello! s'écria le docteur Mortimer. Que veut dire ceci? »

En face de nous un éperon de la lande faisait saillie; tout en haut, rigide et net comme une statue équestre, un soldat à cheval se dressait, le fusil couché en joue sur son avant-bras; il surveillait la route que nous venions d'emprunter.

« Que veut dire ceci, Perkins? » répéta le docteur Mortimer.

Notre cocher se tourna à demi sur le siège.

« Un forçat s'est évadé de Princetown, monsieur. Son évasion remonte à trois jours; les gardes surveillent toutes les routes et toutes les gares, mais ils ne l'ont pas encore aperçu. Les fermiers des environs n'aiment pas ça, monsieur, comme de juste!

— Mais je croyais que tout renseignement était récompensé par une somme de cinq livres?

— Oui, monsieur; mais la chance de gagner cinq livres compte peu à côté de celle d'avoir la gorge tranchée. C'est qu'il ne s'agit pas d'un forçat ordinaire. Cet homme-là est capable de tout.

— Qui est-ce donc?

— Selden, l'assassin de Notting Hill. »

Je me souvenais bien de l'affaire; Holmes s'y était intéressé en raison de la particulière férocité du criminel et de son incroyable bestialité. Sa commutation de peine (condamné à mort, il avait vu son châtiment ramené aux travaux forcés à perpétuité) était due au fait qu'il ne paraissait pas jouir de toutes ses facultés mentales. Notre voiture avait atteint le haut de la côte : devant nous s'étendait la lande, parsemée de pics coniques et de monts-joie en dentelles. Un vent froid balayait le plateau et nous fit frissonner. Quelque part au sein de cette désolation, le forçat évadé était tapi, caché dans un trou comme une bête sauvage, sans doute ivre de haine contre l'humanité qui l'avait rejeté au ban de la société. Image qui complétait parfaitement ce paysage dénudé, immense, glacial, sous un ciel qui s'assombrissait.

Nous avions quitté les plaines fertiles; elles étaient maintenant derrière et au-dessous de nous. Nous leur adressâmes un dernier regard : les rayons obliques du soleil bas tissaient des fils d'or et de pourpre sur le sol rouge et sur les bois touffus. Notre route à présent surplombait des pentes escarpées rousses et verdâtres, sur lesquelles des rocs gigantesques se tenaient en équilibre. De loin en loin nous passions devant une petite maison aux murs et au toit de pierre; aucune plante grimpante n'en adoucissait l'aspect farouche. Une cuvette s'arrondit devant nous; à ses flancs s'accrochaient des chênes tordus et des sapins qui avaient été courbés par la fureur des tempêtes. Deux hautes tours étroites dépassaient les arbres. Le cocher avec un geste de son fouet nous les nomma :

« Baskerville Hall. »

Le propriétaire du domaine se souleva pour mieux voir : ses yeux brillaient, ses joues avaient pris de la couleur. Quelques minutes plus tard nous atteignîmes la grille du pavillon : enchevêtrement de nervures de fer forgé soutenu à droite et à gauche par des piliers rongés par les intempéries, marquetés de mousse, surmontés par les têtes d'ours des Baskerville. Le pavillon tout en granit noir et en chevrons nus était en ruine; mais face à lui se dressait une bâtisse neuve, à demi terminée; c'était la première réalisation due à l'or sud-africain de Sir Charles.

Une fois franchie la grille nous nous engageâmes dans l'avenue; le bruit des roues s'étouffa une fois encore dans les feuilles mortes : les branchages des vieux arbres formaient une voûte sombre au-dessus de nos têtes. Baskerville frémit en considérant la longue allée obscure au bout de laquelle, comme un fantôme, surgit le manoir.

« C'était ici?... interrogea-t-il à voix basse.

— Non. L'allée des ifs se trouve de l'autre côté. »

Le jeune héritier promena autour de lui un regard morose.

« Rien d'étonnant si mon oncle a eu l'impression, dans un endroit pareil, que des ennuis allaient fondre sur lui! murmura-t-il. Il y a de quoi user les nerfs de n'importe qui. Avant six mois j'aurai ici une double rangée de lampadaires électriques, et devant la porte du manoir j'installerai une lampe de mille bougies. »

L'avenue aboutissait à une large pelouse de gazon, tout près de la maison. Dans la lumière du crépuscule, je distinguai au centre un lourd bâtiment avec un porche en saillie. Toute la façade était couverte de lierre; les seuls espaces nus étaient réservés à une fenêtre ou à un blason qui déchiraient ici et là ce suaire sombre. Du bâtiment central s'élevaient les tours jumelles : elles étaient anciennes, crénelées, percées de nombreuses meurtrières. A droite et à gauche, il y avait deux ailes plus modernes en granit noir. De vagues lueurs filtraient derrière les lourdes fenêtres à meneaux.

Une colonne de fumée noirâtre s'échappait des cheminées qui se projetaient hors d'un toit abrupt à angles aigus.

« Bienvenue, Sir Henry! Soyez le bienvenu à Baskerville Hall! »

Un homme de haute taille avait surgi de l'ombre du porche pour ouvrir la portière du break. Dans la lumière jaune de l'entrée se profila une silhouette de femme. Elle sortit pour aider l'homme à descendre nos bagages.

« Vous ne voyez pas d'inconvénient à ce que je rentre directement chez moi, Sir Henry ? demanda le docteur Mortimer. Ma femme m'attend.

— Vous resterez bien dîner avec nous?

— Non. Il faut que je regagne Grimpen. Sans doute ai-je des malades à visiter. Je resterais volontiers pour vous montrer toute la maison, mais Barrymore sera un meilleur guide que moi. Bonsoir, et n'hésitez pas à m'envoyer chercher si je peux vous rendre service. »

Le bruit des roues décrut dans l'avenue pendant que Sir Henry et moi pénétrions dans le manoir; derrière nous la porte se referma lourdement. Nous nous trouvâmes dans une belle maison : vaste, haute de plafond, avec des solives de chêne noircies par l'âge. Dans la grande cheminée d'autrefois, derrière de hauts chenets de fer, brûlait et pétillait un grand feu de bûches. Sir Henry et moi nous tendîmes nos mains pour les réchauffer, car notre longue promenade en voiture les avait engourdies. Puis nous regardâmes autour de nous : les vitraux hauts et étroits, les lambris de chêne, les têtes de cerfs, les armoiries sur les murs, tout cela se détachait d'une manière confuse sous la lumière tamisée de la lampe du milieu.

« Je me la représentais bien ainsi! dit Sir Henry. N'est-ce pas l'image exacte d'une vieille demeure familiale? Quand je pense que ce sont les mêmes murs entre lesquels mes ancêtres ont vécu depuis cinq cents ans! J'en suis presque pétrifié de solennité... »

Son visage s'éclaira d'un enthousiasme enfantin. A la place où il se tenait, il était en pleine lumière; mais des ombres allongées rampaient le long des murs et dessinaient une sorte de dais au-dessus de lui. Barrymore avait déposé nos bagages dans nos chambres et il était venu nous rejoindre : toute son attitude traduisait le bon serviteur. Il avait de la prestance : il était grand, bien bâti, sa physionomie était pâle et distinguée; il portait une barbe noire taillée en carré.

« Désirez-vous que le dîner soit servi tout de suite, monsieur?

— Est-il prêt?

— Il sera prêt dans quelques instants, monsieur. Vous trouverez de l'eau chaude dans vos chambres. Ma femme et moi serons heureux, Sir Henry, de demeurer avec vous jusqu'à ce que vous ayez pris vos dispositions, mais vous comprendrez qu'étant donné les nouvelles circonstances cette maison exigera un personnel considérable.

— Quelles nouvelles circonstances?

— Je voulais dire seulement que Sir Charles, monsieur, menait une existence très retirée, et que nous pouvions suffire à son service. Vous voudrez sans doute vivre dans une moins grande solitude;

vous devrez donc transformer le train de maison.

— Dois-je comprendre que votre femme et vous souhaiteriez me quitter?

— Uniquement quand cela ne vous dérangera pas, monsieur.

— Mais votre famille a été chez nous depuis plusieurs générations, n'est-ce pas? Je serais désolé de commencer mon existence ici en rompant un ancien lien de famille. »

Je crus discerner une certaine émotion sur le visage pâle du maître d'hôtel.

« J'éprouve le même sentiment, monsieur, et ma femme aussi. Mais pour vous dire toute la vérité, monsieur, nous étions tous deux très attachés à Sir Charles, et sa mort nous a bouleversés : cette maison nous est devenue tout à fait pénible. Je crains que nous ne nous sentions jamais plus à l'aise dans Baskerville Hall.

— Mais quelles sont vos intentions?

— Je pense, monsieur, que nous pourrons nous installer à notre compte dans un commerce quelconque. La générosité de Sir Charles nous en a procuré les moyens. Mais pour l'instant, monsieur, je ferais mieux de vous conduire à vos chambres. »

Une galerie carrée à balustrade courait le long du vieux vestibule; un double escalier y donnait accès. De ce palier central deux couloirs fort longs s'étendaient sur toute la longueur du manoir; les chambres donnaient toutes sur ces couloirs. La mienne se trouvait dans la même aile que celle de Baskerville, et presque attenante. Elles nous semblèrent beaucoup plus modernes que la partie centrale du bâtiment : du papier clair recouvrait les murs; de nombreuses bougies m'aidèrent à chasser la sinistre impression que notre arrivée avait ancrée dans mon esprit.

Mais la salle à manger qui donnait sur le vestibule était peuplée de ténèbres et d'ombres. Imaginez une pièce rectangulaire, avec une marche pour séparer l'estrade où mangeait la famille de la partie inférieure réservée aux serviteurs. A une extrémité un balcon pour musiciens la surplombait. Des poutres noircies décoraient un plafond que la fumée n'avait guère épargné. Avec des dizaines de torches flamboyantes, la couleur et la gaieté d'un banquet de jadis, l'atmosphère aurait été transformée; mais pour l'heure, entre deux gentlemen vêtus de noir et assis dans le petit cercle de lumière projetée par une lampe à abat-jour, il y avait de quoi être déprimé et ne pas avoir envie de bavarder. Toute une rangée d'ancêtres, dans une bizarre variété de costumes, depuis le chevalier élisabéthain jusqu'au dandy de la Régence, plongeaient leurs regards fixes sur nous et nous impressionnaient par leur présence silencieuse. Nous n'échangeâmes que peu de mots et, pour ma part, je ne fus pas mécontent lorsque le repas eut pris fin et que nous nous fûmes retirés dans une salle de billard plus récente pour fumer une cigarette.

« Ma parole, ce n'est pas un endroit bien gai! me dit Sir Henry. Je suppose que l'on peut s'y accoutumer, mais maintenant je me sens un peu hors de l'ambiance. Je ne m'étonne plus que mon oncle soit devenu un peu nerveux en vivant seul dans une pareille maison! Cependant, si cela vous convient, nous irons nous reposer de bonne heure ce soir, et demain matin peut-être l'atmosphère nous semblera-t-elle moins sinistre. »

J'écartai mes rideaux avant de me mettre au lit et je regardai par la fenêtre. Elle s'ouvrait sur la pelouse en gazon qui s'étendait devant la façade du manoir. Au-delà de la pelouse, deux taillis gémissaient et se balançaient au vent qui se levait. Une demi-lune apparaissait entre les nuages qui se hâtaient. Dans sa lumière froide je vis derrière les taillis une bordure de rochers qui délimitait la mélancolie de la lande. Je refermai les rideaux; cette impression dernière ne m'incita plus qu'à fermer l'œil et à dormir.

Pourtant ce n'était pas tout à fait la dernière impression de la journée. J'étais las, mais je n'avais pas sommeil. Je me tournai et me retournai dans mes draps, à la recherche d'un repos qui se dérobait. Au loin une horloge carillonnait tous les quarts d'heure. Ce bruit mis à part, un silence mortel régnait dans le manoir. Et puis tout à coup, du plus profond de la nuit, j'entendis un son clair, net, sur lequel il n'y avait pas moyen de se tromper. C'était des sanglots de femme : les petits cris étouffés, étranglés d'une femme en proie à une panique incontrôlable. Je me mis sur mon séant, et j'écoutai. Le bruit ne pouvait provenir que de la maison. Pendant une demi-heure je tendis l'oreille, tous sens en alerte, mais je n'entendis plus rien que les carillons de l'horloge et le frémissement du lierre sur le mur.

CHAPITRE VII

LES STAPLETON DE MERRIPIT

La beauté fraîche du lendemain matin nous aida à effacer de notre mémoire l'impression grise et lugubre de notre premier contact avec Baskerville Hall. Tandis que Sir Henry et moi étions assis devant notre petit déjeuner, le soleil déversait ses flots lumineux à travers les hautes fenêtres à meneaux, parsemait de taches colorées les armoiries des murs. Sous ses rayons dorés les panneaux de chêne revêtaient l'éclat du bronze. Il était difficile de réaliser mentalement que cette pièce était celle qui nous avait tellement désenchantés la veille au soir.

« Je crois que ce n'est pas la maison qui est à blâmer, mais nous! dit le baronnet. Nous étions fatigués par le voyage, gelés par cette promenade en voiture : voilà pourquoi cette demeure nous avait paru maussade. A présent que nous sommes reposés, elle est toute en gaieté.

— Et pourtant l'imagination n'est pas seule en cause, répondis-je. Par exemple n'auriez-vous pas entendu quelqu'un, une femme probablement, sangloter pendant la nuit?

— C'est curieux! Quand j'étais déjà à moitié endormi, j'ai entendu quelque chose qui ressemblait à cela. J'ai guetté un moment, puis plus rien; alors j'ai conclu que c'était un cauchemar.

— Moi je l'ai entendu distinctement; et je suis sûr qu'il s'agissait bel et bien d'une femme qui sanglotait.

— Nous allons tout de suite demander... »

Il sonna et interrogea Barrymore. Il me sembla que le visage blême du maître d'hôtel se fit plus blanc quand il entendit les questions que lui posait son maître.

« Il n'y a que deux femmes dans la maison, Sir Henry! répondit-il. L'une est la laveuse de vaisselle qui couche dans l'autre aile. L'autre est ma femme, et je peux vous jurer qu'elle n'a pas pleuré. »

Et pourtant il mentait. Après déjeuner le hasard fit que je rencontrai Mme Barrymore dans le couloir; le soleil éclaira son visage. C'était une grosse femme sans expression, aux traits épais, à la bouche serrée. Mais ses yeux étaient rouges et ils me regardèrent entrent des paupières boursouflées. C'était donc elle qui avait pleuré pendant la nuit. Et si elle avait pleuré, son mari devait le savoir. Cependant il avait choisi le risque évident d'être démenti et il avait nié que ce fût sa femme. Pourquoi? Et pourquoi avait-elle sangloté d'une façon aussi dramatique? Déjà autour de ce bel homme pâle à la barbe noire flottait une atmosphère de mystère et de ténèbres. C'était lui qui le premier avait découvert le corps de Sir Charles, et nous n'avions que son témoignage pour toutes les circonstances qui avaient précédé et entouré la mort du vieillard. Était-il possible que ce Barrymore fût l'espion que nous avions aperçu en fiacre dans Regent Street? La barbe pouvait être la même. Le cocher avait dépeint un homme relativement moins grand, mais il avait pu se tromper. Comment éclaircir décisivement ce point? La première chose à faire était d'aller voir le chef du bureau de poste de Grimpen, et de vérifier si le télégramme test avait été bien remis à Barrymore en personne. Quelle que fût la réponse, j'aurais au moins un fait à rapporter à Sherlock Holmes.

Sir Henry ayant de nombreux papiers à examiner après le petit déjeuner, j'avais donc le loisir de procéder à mon enquête. Ce fut une promenade plaisante de sept kilomètres en bordure de la lande. Elle me mena finalement à un petit hameau gris; deux maisons plus importantes que les autres étaient l'auberge et la demeure du docteur Mortimer. Le chef du bureau de poste, qui tenait l'épicerie du village, se souvenait fort bien du télégramme.

« En effet, monsieur, me dit-il. Le télégramme a été remis à M. Barrymore comme vous m'en aviez prié.

— Qui le lui a remis?

— Mon fils. James, tu as remis le télégramme à M. Barrymore la semaine dernière, n'est-ce pas?

— Oui, papa. Je le lui ai remis.

— En main propre? demandai-je.

— Voilà : il était dans le grenier; je n'ai donc pas pu le lui remettre en main propre, mais je l'ai donné à Mme Barrymore, et elle m'a promis d'aller le lui porter immédiatement.

— As-tu vu M. Barrymore ?

— Non. Je vous dis qu'il était dans le grenier.

— Si tu ne l'as pas vu, comment sais-tu qu'il était dans le grenier ?

— Ben, sûrement que sa femme savait où il était ! répondit le petit facteur. Est-ce qu'il n'a pas reçu le télégramme ? S'il y a faute, c'est à M. Barrymore de se plaindre. »

Il me parut inutile de poursuivre l'enquête, mais il était clair que Holmes avait eu beau faire, nous ne détenions pas la preuve que Barrymore était ailleurs qu'à Londres ce jour-là. Supposons qu'il s'y soit trouvé... Supposons que le même homme ait été le dernier à voir Sir Charles vivant et le premier à filer le nouvel héritier dès son arrivée en Angleterre... Et alors ? Était-il un agent ? Avait-il un plan strictement personnel ? Quel intérêt pouvait-il avoir à persécuter la famille des Baskerville ? Je réfléchis à l'étrange mise en garde découpée dans un éditorial du *Times*. Était-ce son œuvre, ou l'œuvre de quelqu'un qui cherchait à contrecarrer ses desseins ? Le seul motif concevable était celui qui avait été suggéré par Sir Henry : si les Baskerville pouvaient être dégoûtés du manoir, les Barrymore jouiraient d'une demeure confortable. Mais une telle explication était loin de rendre compte de tout le réseau subtil qui étirait ses mailles autour du jeune baronnet. Holmes lui-même avait déclaré qu'au long de ses enquêtes sensationnelles il n'avait jamais rencontré de cas plus complexe. Pendant que je rentrais sur la route grise déserte, je priai pour que mon ami fût bientôt libéré de ses travaux londoniens et pût me décharger de responsabilités aussi lourdes.

Le cours de mes pensées se trouva interrompu par un bruit de pas qui couraient derrière moi ; une voix me héla par mon nom. Je me retrournai, pensant que c'était le docteur Mortimer ; mais non : c'était un inconnu qui se hâtait. Il pouvait avoir entre trente et quarante ans ; il était petit, mince, blond, tout rasé ; il avait la bouche en cœur et une mâchoire tombante ; il était vêtu de gris et était coiffé d'un chapeau de paille. Il portait en bandoulière une boîte métallique pour échantillons botaniques et il tenait à la main un filet vert à papillons.

« Vous me pardonnerez, j'en suis sûr, mon audace, docteur Watson, me dit-il quand tout essoufflé il m'eut rejoint. Ici sur la lande, nous sommes des gens tout à fait simples, et nous n'attendons pas les présentations officielles. Vous avez peut-être entendu mon nom dans la bouche de notre ami commun Mortimer. Je m'appelle Stapleton, de Merripit.

— Votre filet et votre boîte me l'auraient appris, répondis-je. Je savais en effet que M. Stapleton était naturaliste. Mais comment m'avez-vous reconnu ?

— J'étais chez Mortimer, et il vous a désigné à ma curiosité par la fenêtre de son cabinet quand vous êtes passé. Comme votre route est la mienne, j'ai pensé à vous rattraper et à me présenter moi-même. J'espère que Sir Henry a bien supporté son voyage ?

— Il se porte très bien, merci.

— Nous redoutions tous un peu qu'après la triste mort de Sir Charles le nouveau baronnet ne refusât de vivre ici. C'est demander beaucoup à un homme riche de s'enterrer dans un endroit pareil, mais je n'ai pas besoin de vous dire que le fait est d'importance pour la région. J'espère que Sir Henry n'éprouve pas de frayeurs superstitieuses relativement à l'affaire ?

— Je ne crois pas qu'il y soit sujet.

— Naturellement vous connaissez la légende de ce chien monstrueux qui s'acharne sur la famille ?

— Elle m'a été contée.

— C'est extraordinaire comme les paysans d'ici sont crédules ! Il y en a qui jureraient sur leur tête avoir vu une bête de ce genre sur la lande... »

Il souriait tout en parlant, mais il me sembla lire dans son regard qu'il prenait le problème plus au sérieux.

« ... L'histoire avait vivement frappé l'imagination de Sir Charles, et je suis certain qu'elle est responsable de sa fin tragique.

— Mais comment ?

— Ses nerfs étaient tellement tendus que l'apparition de n'importe quel chien aurait pu avoir un effet fatal sur son cœur malade. Je me demande s'il a réellement vu un chien cette nuit-là dans l'allée des ifs. Je craignais un accident, car j'aimais beaucoup ce vieil homme, et je savais qu'il avait le cœur touché.

— Comment le saviez-vous ?

— Mon ami Mortimer me l'avait dit.

— Vous pensez, par conséquent, qu'un chien a poursuivi Sir Charles, et qu'il est mort de peur ?

— Avez-vous une meilleure explication à fournir ?

— Je n'ai encore formulé aucune conclusion.

— Et M. Sherlock Holmes ?... »

Pendant un instant je demeurai sans souffle, mais le visage placide et les yeux paisibles de mon compagnon me convainquirent que la question ne cachait pas un piège.

« ... Nous aurions grand tort de nier que nous vous connaissons, docteur Watson ! Les exploits de votre détective sont parvenus jusqu'à nous, et vous êtes inséparables. Quand Mortimer m'a révélé votre nom, j'ai tout de suite fait le rapprochement. Puisque vous êtes ici, M. Sherlock Holmes s'intéresse donc à l'affaire ; voilà pourquoi je suis curieux, légitimement curieux de connaître son point de vue.

— Je crains de ne pouvoir répondre à votre question.

— Puis-je vous demander s'il nous fera l'honneur d'une visite personnelle ?

— Il ne peut pas quitter Londres pour le moment. D'autres affaires le retiennent en ville.

— Quel dommage ! Il pourrait projeter un peu de lumière sur ce qui nous semble si obscur. Mais en ce qui concerne vos propres recherches, pour le cas où je pourrais vous rendre le moindre service, j'espère que vous n'hésiterez pas à faire appel à moi. Si j'avais une idée de la nature de vos soupçons, ou de la manière dont vous entendez enquêter, je pourrais peut-être vous aider ou vous conseiller.

— Je vous assure que je suis simplement ici pour tenir compagnie à mon ami Sir Henry, et que je n'ai besoin d'aucune assistance.

— Parfait! dit Stapleton. Vous avez raison d'être prudent et discret. Je suis confus d'avoir commis une intrusion absolument injustifiable, et je vous promets de ne plus vous reparler de l'affaire. »

Nous étions arrivés à un endroit où un étroit chemin gazonné débouchait sur la route après avoir serpenté à travers la lande. Une colline abrupte, parsemée de rochers, se dressait sur la droite : autrefois elle avait été creusée par une carrière de granit. La face qui était devant nous formait une sorte de falaise noire, avec des fougères et des ronces nichées dans ses crevasses. A quelque distance s'élevait un panache de fumée grise.

« Une petite marche le long de ce chemin nous mènerait à Merripit, m'expliqua Stapleton. Voudriez-vous m'accorder une heure de votre temps afin que j'aie le plaisir de vous présenter à ma sœur? »

Ma première réaction fut que je devrais me trouver auprès de Sir Henry. Mais je me remémorai le tas de papiers et de factures qui encombrait son bureau : je ne lui serais d'aucun secours pour leur dépouillement. Et Holmes m'avait expressément recommandé d'étudier les voisins. J'acceptai donc l'invitation de Stapleton et nous nous engageâmes dans le sentier.

« C'est un lieu merveilleux, notre lande! me dit-il en promenant son regard sur les ondulations de terrain. On ne se lasse jamais de la lande. Vous n'avez pas idée des secrets merveilleux qu'elle recèle. Elle est si vaste, si nue, si mystérieuse!

— Vous la connaissez bien?

— Je ne suis installé que depuis deux ans. Autant

dire que les gens d'ici m'appellent un nouveau venu. Nous sommes arrivés peu après Sir Charles. Mais mes goûts m'ont conduit à explorer toute la région, et je crois que peu d'hommes la connaissent mieux que moi.

— Est-elle si difficile à connaître ?

— Très. Vous voyez, par exemple, cette grande plaine vers le nord, avec ces étranges collines qui y ont poussé. N'y remarquez-vous rien de particulier ?

— Ce serait un endroit rêvé pour faire du cheval.

— Bien sûr, c'est la première idée ! Idée qui a coûté la vie à beaucoup. Distinguez-vous ces taches vertes brillantes éparpillées ?

— Oui. Le sol est plus fertile là qu'ailleurs. »

Stapleton se mit à rire.

« Je vous présente le grand bourbier de Grimpen, me dit-il. Un faux pas, et c'est la mort pour un homme ou pour un animal. Hier encore j'ai vu l'un des poneys de la lande errer par là ; il n'en est jamais sorti. J'ai vu sa tête qui longtemps a émergé au-dessus d'un trou de vase, mais le marais l'a finalement aspiré. Même pendant la saison sèche il est dangereux de traverser le bourbier ; à plus forte raison après les pluies d'automne ! Et cependant, moi, je peux m'y promener et en revenir vivant. Tenez, voilà un autre de ces malheureux poneys ! »

Quelque chose de brun se balançait en déséquilibre parmi les joncs verts. Puis un long cou qui se tordait dans l'agonie sauta en l'air et un hurlement effroyable retentit à travers la lande. Je frémis d'horreur, mais les nerfs de mon compagnon me parurent plus solides que les miens.

« Fini! me dit-il. Le bourbier l'a englouti! Deux en deux jours, et peut-être beaucoup plus, car les poneys ont pris l'habitude de se rendre là pendant la saison sèche, et ils ne se rendent compte de la différence que lorsque le bourbier les avale. C'est un sale endroit, le grand bourbier de Grimpen!

— Et vous dites que vous pouvez le traverser?

— Oui. Il y a deux ou trois petits chemins qu'un homme très agile peut emprunter. Je les ai découverts.

— Mais pourquoi allez-vous dans un endroit aussi horrible?

— Voyez-vous les collines là-bas? Ce sont de vraies îles isolées de tous côtés par ce bourbier infranchissable qui les a cernées au cours des siècles. Mais elles possèdent des plantes et des papillons rares; toute la question est d'avoir assez d'astuce pour les atteindre.

— J'essaierai ma chance un jour. »

Il me regarda ahuri.

« Pour l'amour de Dieu, ôtez-vous cette idée de l'esprit! s'écria-t-il. Votre sang retomberait sur ma tête. Je vous certifie que vous n'auriez pas la moindre chance d'en revenir vivant. Ce n'est que par des repères compliqués que je m'en sors moi-même.

— Oh! oh! m'écriai-je. Qu'est cela? »

Un long gémissement bas, indiciblement triste, s'éleva de la lande. Il emplit tout l'air. Et pourtant il me fut impossible de préciser d'où il venait. D'abord murmure lugubre, il s'enfla en un profond meuglement puis retomba en plainte mélancolique, à vibrations sinistres. Stapleton me regarda d'un air bizarre.

« Un endroit étrange, cette lande! me dit-il.

— Mais qu'était-ce?

— Les paysans disent que c'est le chien des Baskerville qui réclame sa proie. Je l'avais déjà entendu une ou deux fois, mais jamais aussi distinctement. »

Je contemplai, avec le froid de la peur dans le cœur, cette immense plaine tachetée par des bouquets d'ajoncs. Rien ne bougeait, sauf deux corbeaux qui croassaient derrière nous, perchés sur un roc.

« Vous êtes un homme cultivé, dis-je. Vous ne croyez pas à de telles stupidités! Quelle serait, d'après vous, la cause d'un bruit aussi insolite?

— Parfois les cerfs provoquent des sons curieux : une précipitation ou un tassement de boue, ou une eau qu'ils font sourdre, ou je ne sais quoi...

— Non. C'était une voix vivante.

— Peut-être, après tout. Avez-vous déjà entendu le cri d'un butor?

— Non.

— C'est à présent un oiseau très rare en Angleterre : pratiquement disparu. Mais sur la lande tout est possible. Oui, je ne serais pas autrement surpris d'apprendre que nous venons d'entendre le cri du dernier des butors.

— C'est le bruit le plus étrange, le plus singulier que j'aie jamais entendu.

— Dans l'ensemble le pays est plutôt inquiétant.

Regardez là-bas le flanc de cette colline. Que pensez-vous de ces cailloux? »

Toute la pente était couverte de pierres grises disposées en une vingtaine de cercles réguliers.

« Des enclos à moutons, je suppose?

— Non. Ce sont les maisons de nos dignes ancêtres. L'homme préhistorique vivait en colonies sur la lande, et comme depuis lors personne ne l'a habitée, nous trouvons ses petites installations telles qu'il les a laissées. Ce sont ses wigwams sans toit. On peut même voir son foyer et sa couche si l'on a la curiosité d'y pénétrer.

— Mais c'est une vraie ville. Quand a-t-elle été habitée?

— Par l'homme néolithique. Pas de date.

— Que faisait-il?

— Il faisait paître ses troupeaux sur les pentes que vous voyez, et il apprenait à creuser pour trouver du fer, quand le glaive de bronze a commencé à affirmer sa supériorité sur la hache de pierre. Regardez la grande tranchée dans le flanc de l'autre colline. C'est l'une de ses traces. Oui, vous trouverez des tas de choses passionnantes sur la lande, docteur Watson! Oh! excusez-moi un instant : voilà sûrement un cyclopidé... »

Une mouche ou un petit papillon avait voleté à travers notre sentier, et Stapleton se rua à sa poursuite avec autant de rapidité que d'énergie. A mon vif déplaisir la bestiole volait droit vers le grand bourbier, ce qui ne ralentit pas l'ardeur de ma nouvelle connaissance; il bondissait derrière elle de touffe en touffe, en agitant son filet vert. Avec son costume gris et sa course en zigzag, toute en sauts, il ressemblait à un gros papillon. Je m'étais arrêté pour assister à sa chasse; j'admirais certes son agilité extraordinaire mais je craignais qu'il ne fît le faux pas dont il avait parlé, quand j'entendis un bruit de pas; je me détournai; une femme déboucha sur le chemin. Elle venait de Merripit, mais la déclivité de la lande l'avait dissimulée jusqu'à ce qu'elle arrivât presque à ma hauteur.

C'était sans aucun doute Mlle Stapleton. On m'avait parlé de sa beauté, et il ne devait pas y avoir beaucoup de beautés sur la lande. Or, elle était très belle, cette femme qui s'approchait! Le frère et la sœur ne se ressemblaient guère : Stapleton était banalement neutre avec ses cheveux blonds et ses yeux gris; par contre je n'avais jamais vu brune plus éclatante que sa sœur. Elle était grande et mince, racée. Sa figure était fine, et si régulière de traits qu'elle aurait pu passer pour inexpressive sans la bouche sensible et les yeux d'un noir ardent. Ce visage parfait au-dessus d'une robe élégante constituait une bien étrange apparition sur ce sentier de la lande! Quand je me retournai, elle observait son frère, puis elle avança vers moi d'un pas vif. Je m'étais découvert et allais lui fournir quelques explications, quand les mots qu'elle prononça me firent changer d'avis.

« Allez-vous-en! me dit-elle. Rentrez directement à Londres, tout de suite! »

Je ne pus que la regarder, abasourdi. Ses yeux s'enflammèrent et elle tapa du pied avec impatience.

« Pourquoi rentrerais-je? demandai-je.

— Je ne peux pas vous expliquer... »

Sa voix était grave, passionnée, avec un léger zézaiement.

« ... Mais pour l'amour de Dieu faites ce que je vous dis! Allez-vous-en, et ne remettez jamais le pied sur la lande!

— Mais je viens d'arriver!

— Voyons, voyons! s'écria-t-elle. Ne comprenez-vous pas quand on vous avertit pour votre bien? Rentrez à Londres! Partez ce soir! Quittez à tout prix cet endroit! Silence, voici mon frère qui revient. Pas un mot de ce que je vous ai dit! Vous ne voudriez pas me cueillir cette orchidée là-bas au milieu des prèles? Nous avons sur la lande des orchidées à profusion; mais naturellement, vous êtes arrivé bien tard pour contempler toutes les beautés de ce pays. »

Stapleton avait renoncé à sa chasse, et il revenait vers nous suant et soufflant.

« Hello, Beryl! » fit-il.

J'eus l'impression que le ton n'était pas très cordial.

« Eh bien, Jack, vous avez chaud!

— Oui, je pourchassais un cyclopidé. Un cyclopidé peu connu, qu'on trouve rarement à la fin de l'automne. Je regrette fort de l'avoir manqué!... »

Il parlait négligemment, mais ses petits yeux clairs allaient sans cesse de la jeune fille à moi.

«... Vous vous êtes présentés tout seuls, à ce que je vois.

— Oui. Je disais à Sir Henry qu'il était arrivé bien tard pour admirer les véritables beautés de la lande.

— Mais... à qui pensez-vous avoir parlé?

— J'imagine que c'est à Sir Henry Baskerville.

— Non, répondis-je. Je suis un modeste bourgeois, mais son ami. Je suis le docteur Watson. »

Le rouge de la confusion passa sur son visage expressif.

« Dans notre conversation il y a eu un quiproquo, dit-elle.

— Conversation qui n'a pas duré longtemps, observa son frère qui avait toujours les mêmes yeux interrogateurs.

— J'ai parlé comme si le docteur Watson habitait la région et n'était pas un touriste de passage. Sans doute cela lui importe-t-il peu d'être en avance ou en retard pour les orchidées. Mais vous viendrez bien, n'est-ce pas, jusqu'à Merripit ? »

Nous y arrivâmes bientôt : c'était une morne maison de la lande, autrefois ferme d'un herbager, qui avait été ravalée et aménagée en habitation moderne. Un verger l'entourait, mais les arbres, comme d'habitude sur la lande, étaient rabougris et noueux; le site incitait à la mélancolie. Nous fûmes accueillis par un vieux domestique ratatiné, vêtu d'un manteau couleur rouille, qui semblait être le gardien de la maison. L'intérieur était composé de grandes pièces, meublées avec un goût dans lequel il me sembla retrouver quelque chose de mon hôtesse. Pendant que par la fenêtre je contemplais la lande interminable tachetée de granit, je me demandai tout naturellement ce qui avait poussé cet homme cultivé et cette jolie femme à s'enterrer dans un lieu aussi triste.

« Nous avons choisi une étrange retraite, n'est-ce pas ? lança-t-il comme s'il avait percé mes pensées. Et cependant nous nous arrangeons pour être presque heureux; demandez à Beryl.

— Tout à fait heureux, répondit-elle sans conviction.

— J'avais un collège, me dit Stapleton. Dans le Nord. Pour un homme de mon tempérament, le travail y était mécanique, peu intéressant. Par contre le privilège de vivre avec des jeunes, de façonner leurs esprits et d'y imprimer une petite part de mon caractère et de mes idées personnelles m'était très cher. Le destin nous fut contraire. Une grave épidémie décima le collège; trois élèves moururent. L'établissement ne se releva jamais de ce coup du sort, et j'y perdis une grosse partie de mes capitaux. Mais voyez-vous, si je n'avais pas rompu avec cette charmante fréquentation des enfants, je pourrais me réjouir de mes mésaventures, car étant donné mon penchant pour la botanique et la zoologie, je trouve ici un champ illimité, et ma sœur est aussi fervente de la nature que je le suis. Tout cela, docteur Watson, je vous le dis pêle-mêle parce que j'ai vu l'expression de votre visage pendant que vous regardiez la lande par notre fenêtre.

— J'ai évidemment pensé que cet endroit pouvait être un petit peu morne... moins pour vous, peut-être, que pour votre sœur?

— Non, rien n'est morne pour moi! trancha-t-elle.

— Nous avons des livres, nous avons nos travaux, et nous avons des voisins intéressants. Dans sa spécialité le docteur Mortimer est tout à fait remarquable. Le pauvre Sir Charles était également un compagnon très agréable. Nous le connaissions bien; il nous manque plus que je ne saurais le dire. Pensez-vous que ce serait indiscret de ma part si je me rendais cet après-midi au manoir pour faire la connaissance de Sir Henry?

— Je suis sûr qu'il serait ravi.

— Alors consentiriez-vous à lui faire part de mon intention? A notre humble manière nous pouvons lui faciliter les choses tant qu'il ne sera pas habitué à sa nouvelle ambiance. Voulez-vous monter, docteur Watson, et examiner ma collection de lépidoptères? Je crois que c'est la plus complète du sud-ouest de l'Angleterre. Le temps que vous la regardiez, et le déjeuner sera prêt. »

Mais j'avais hâte de rejoindre mon poste. D'ailleurs la mélancolie de la lande, la mort du malheureux poney, le cri lugubre qui avait été associé à la sinistre légende des Baskerville, tout cela m'avait pénétré de tristesse. Et puis, pour couronner ces impressions plus ou moins vagues, il y avait eu l'avertissement précis et clair de Mlle Stapleton. Avertissement qui m'avait été communiqué avec une telle gravité que je ne pouvais pas douter qu'un mobile impérieux l'eût dicté. Je résistai à toutes les invites, et je partis aussitôt vers le manoir, reprenant le même sentier que j'avais suivi avec Stapleton.

Un raccourci devait néanmoins exister, car avant d'atteindre la route j'aperçus avec étonnement Mlle Stapleton assise sur un rocher bordant le sentier. Elle avait la figure merveilleusement colorée par la course qu'elle venait de faire, et elle porta la main à son côté.

« J'ai couru jusqu'ici pour vous rattraper, docteur Watson. Je n'ai même pas pris le temps de mettre un chapeau. Il ne faut pas que je m'attarde, sinon mon frère me chercherait. Je voulais vous dire combien je suis désolée de l'erreur stupide que j'ai commise en vous confondant avec Sir Henry. Je vous prie d'oublier les mots que j'ai prononcés, qui ne s'appliquent nullement à vous.

— Mais je ne peux pas les oublier, mademoiselle! Je suis l'ami de Sir Henry, et son bien-être est en étroit rapport avec le mien. Dites-moi pourquoi vous exigiez avec tant d'ardeur que Sir Henry retourne à Londres,

— Caprice de femme, docteur Watson! Quand vous me connaîtrez mieux, vous comprendrez que je ne peux pas toujours donner les raisons de ce que je dis ou fais.

— Non. Je me rappelle l'émotion dans votre voix. Je me rappelle le regard de vos yeux. Je vous en prie, soyez sincère, mademoiselle! Car depuis que je suis arrivé ici, je me sens environné d'ombres. La vie est devenue comme ce grand bourbier de Grimpen, avec des petites taches vertes de tous côtés dans lesquelles on peut sombrer sans que personne puisse retrouver votre trace. Dites-moi donc ce que vous vouliez me faire comprendre, et je vous promets de transmettre votre avertissement à Sir Henry. »

Une indécision flotta un moment sur sa figure, mais ses yeux se durcirent.

« Vous y attachez trop d'importance, me dit-elle. Mon frère et moi avons été très bouleversés par la mort de Sir Charles. Nous le connaissions très intimement, car sa promenade favorite le menait par la lande jusqu'à notre maison. Il était grandement impressionné par la malédiction qui pesait sur sa famille, et quand le drame s'est produit j'ai conclu que sa peur n'était pas sans fondements. J'étais donc consternée qu'un autre membre de la famille vînt s'établir ici, et j'ai cru bon de l'avertir du danger qu'il encourait. Voilà tout ce que j'avais l'intention de dire.

— Mais quel danger ?

— Vous connaissez l'histoire du chien?

— Je ne crois pas à de telles absurdités.

— Moi, j'y crois. Si vous avez la moindre influence sur Sir Henry, éloignez-le d'un endroit qui a toujours été fatal à sa famille. Le monde est vaste. Pourquoi voudrait-il habiter un lieu dangereux?

— Parce que c'est effectivement un lieu dangereux. Sir Henry a le caractère ainsi fait. Je crains que si vous ne lui donnez pas d'indications plus précises il ne refuse de s'éloigner.

— Je ne saurais rien dire de précis, car je ne sais rien de précis.

— Je voudrais vous poser une question supplémentaire, mademoiselle. Si vous ne vouliez rien sous-entendre quand vous m'avez parlé la première fois, pourquoi ne vouliez-vous pas que votre frère surprenne vos paroles? Il n'y a rien en elles qui puisse soulever, de sa part ou de la part de n'importe qui, la moindre objection.

— Mon frère souhaite de tout son cœur que le manoir soit habité, car il pense que ce serait un bien pour les pauvres gens de la lande. Il serait donc très mécontent s'il apprenait que j'ai tenu des propos de nature à décourager Sir Henry. Mais enfin j'ai fait mon devoir ; je n'en dirai pas davantage. Il faut que je rentre, sinon mon frère comprendrait que je vous ai vu. Au revoir ! »

En quelques secondes elle avait disparu derrière les rochers épars, et, l'âme pleine de peurs indéfinissables, je repris le chemin du manoir des Baskerville.

CHAPITRE VIII

PREMIER RAPPORT DU DOCTEUR WATSON

Pour mieux retracer le cours des événements, je vais recopier mes propres lettres à M. Sherlock Holmes; elles sont sur ma table. A l'exception d'une page, qui manque, je les transcris telles que je les ai rédigées; elles montreront les détours de mes sentiments et de mes soupçons avec plus de précision que ne pourrait le faire ma mémoire.

Baskerville Hall, 13 octobre

Mon cher Holmes,

Mes lettres précédentes, ainsi que mes télégrammes, vous ont tenu au courant de tout ce qui s'est passé dans ce coin isolé du monde. Plus l'on reste ici, plus l'esprit de la lande insinue dans l'âme le sentiment de son infini et exerce son sinistre pouvoir d'envoûtement. Quand on se promène pour pénétrer jusqu'à son cœur, on perd toute trace de l'Angleterre moderne, mais on trouve partout des habitations et des ouvrages datant de la préhistoire. Où que l'on aille, ce ne sont que maisons de ces peuples oubliés dont les temples sont, croit-on, les énormes monolithes que l'on voit. Quand on contemple leurs tombeaux, ou les cabanes en pierre grise qui s'accrochent au flanc des collines, on se sent tellement loin de son époque que si un homme chevelu, vêtu de peaux de bêtes, se glissait hors de sa porte basse et ajustait une flèche à son arc, sa présence paraîtrait encore plus naturelle que la mienne. Ce qui m'étonne est que ces représentants de la préhistoire ont vécu en grandes colonies sur un sol qui n'a jamais dû être fertile. Je ne suis pas un spécialiste de l'antiquité, mais j'imagine volontiers qu'il s'agissait d'une race peu guerrière, que des vainqueurs ont contrainte à accepter ce que personne d'autre ne voulait occuper.

Ces considérations sont toutefois étrangères à la mission que vous m'avez confiée, et je doute qu'elles intéressent votre esprit rigoureusement pratique. Je me rappelle encore la parfaite indifférence que vous avez manifestée relativement à la question de savoir si le soleil tournait autour de la terre, ou la terre autour du soleil. Je reviens donc aux faits concernant Sir Henry Baskerville.

Si vous n'avez pas eu de rapport ces jours derniers, c'est parce que jusqu'à aujourd'hui il ne s'est rien produit qui méritât une relation. Puis un incident très surprenant est intervenu, que je vous narrerai en son temps. Mais auparavant il faut que je vous énumère les autres données de la situation.

L'une d'elles, sur laquelle je ne m'étais guère étendu, est la présence sur la lande du forçat évadé. Il y a maintenant de bonnes raisons pour croire qu'il est allé se faire pendre ailleurs, ce qui apporte une satisfaction évidente aux habitants isolés de la région. Une quinzaine s'est écoulée depuis son évasion : pas une fois il n'a été vu et il n'a jamais fait parler de lui. Il est inconcevable qu'il ait tenu la lande tout ce temps-là. Bien sûr il a toutes facilités pour se cacher : n'importe quelle cabane en pierre peut lui servir de refuge. Mais il n'a rien à manger, à moins qu'il ne capture et n'abatte des moutons sur la lande. Nous pensons plutôt qu'il est parti, et les fermiers des environs dorment plus tranquilles.

Dans cette maison, nous sommes quatre hommes valides et robustes : aussi n'avions-nous rien à craindre; mais j'avoue que j'ai été mal à l'aise chaque fois que je pensais aux Stapleton. Ils habitent à plusieurs kilomètres de tout secours. Il y a là une femme de chambre, un vieux domestique, la sœur et le frère, celui-ci n'ayant rien d'un athlète. Ils seraient sans défense devant un gaillard prêt à tout, comme ce bandit de Notting Hill, si seulement il prenait la peine d'entrer. Sir Henry s'inquiète également de leur situation; nous avions suggéré que Perkins le valet allât coucher chez eux, mais Stapleton n'a rien voulu entendre.

Le fait est que notre ami le baronnet commence à manifester un intérêt considérable pour notre jolie voisine. Sentiment qui n'a rien de surprenant, car dans ces lieux déserts le temps pèse lourdement à un homme aussi actif; par ailleurs elle est d'une beauté fascinante. Dans son charme il y a quelque chose de tropical, d'exotique, qui contraste singulièrement avec la froideur et l'insensibilité de son frère. Celui-ci pourtant donne parfois l'impression que certains feux couvent en lui. Il exerce certainement une forte influence sur sa sœur, car j'ai remarqué qu'elle le regardait constamment quand elle parlait comme si elle quêtait son approbation. J'espère qu'il est gentil avec elle. Dans son regard il y a une lueur sèche, et ses lèvres minces se contractent parfois : ce qui indiquerait un tempérament positif, peut-être dur. Vous le jugeriez digne d'une étude particulière.

Il s'est présenté à Baskerville dès ce premier jour, et le lendemain matin il nous a conduits à l'endroit où l'on croit qu'a pris naissance la légende du méchant Hugo. Ce fut une excursion de plusieurs kilomètres à travers la lande vers un cadre si lugubre que sa tristesse a peut-être suggéré l'histoire. Une courte vallée bordée de rocs déchiquetés aboutit à une clairière herbeuse. Au centre se dressent deux grandes pierres, usées et terminées en pointe; on dirait les crocs énormes d'une bête monstrueuse. Chaque détail correspond à la scène légendaire. Sir Henry demanda plusieurs fois à Stapleton s'il croyait vraiment à l'intervention du surnaturel dans les affaires humaines. Il parlait sur un ton léger, mais il était très sérieux. Stapleton lui répondit évasivement; certes il ne voulait pas exprimer toute son opinion par respect pour les sentiments du baronnet. Il nous cita d'autres exemples de familles qui avaient eu à souffrir d'une mauvaise influence, et il nous laissa sur l'impression qu'il partageait la croyance populaire sur l'affaire.

Sur le chemin du retour, nous nous arrêtâmes pour déjeuner à Merripit; Sir Henry fit donc la connaissance de Mlle Stapleton. Du premier moment où il l'aperçut, il sembla charmé, et je me tromperais grandement si cette attraction n'était pas payée de retour. En rentrant au manoir il ne tarit pas d'éloges à son sujet; depuis lors il ne s'est pas passé un jour sans que nous ayons vu le frère et la sœur. Ils dînent ici ce soir, et il est déjà question que ce repas nous soit rendu la semaine prochaine. On imagine aisément ce qu'une telle alliance apporterait à Stapleton; néanmoins j'ai noté plus d'une fois sur son visage des signes de désapprobation quand Sir Henry extériorisait l'intérêt qu'il portait à sa sœur. Sans doute Stapleton lui est-il beaucoup attaché et, privé de sa compagnie, mènerait-il une existence bien solitaire; mais ce serait le comble de l'égoïsme s'il l'empêchait de faire un mariage brillant. Pourtant je suis certain qu'il ne désire pas que leur sentiment éclose en amour : ainsi il veille à ne pas les laisser en tête à tête. A propos, les instructions que vous m'avez données et qui me commandent d'empêcher Sir Henry de sortir seul deviendront bien délicates si une amourette s'ajoute aux autres obstacles : je perdrais beaucoup de mon influence si je suivais vos ordres à la lettre.

Le surlendemain (jeudi, pour être exact) le docteur Mortimer déjeuna avec nous. Il avait pratiqué des fouilles dans une carrière à Long Down, et il en avait ramené un crâne préhistorique; il était ivre de joie. Ah! ces savants à marottes!...

Les Stapleton survinrent ensuite; le bon docteur nous conduisit dans l'allée des ifs à la requête de Sir Henry qui voulait savoir exactement comment s'étaient déroulés les événements de la nuit fatale. C'est une longue avenue fort triste, qui s'allonge entre deux hauts murs de haie bien taillée avec une étroite bande de gazon de chaque côté. Elle aboutit à un vieux pavillon croulant. A mi-chemin une porte à claire-voie donne sur la lande : celle devant laquelle Sir Charles a secoué la cendre de son cigare. Cette porte en bois blanc est munie d'un cadenas. Derrière elle s'étend la lande à perte de vue. Je me suis rappelé votre thèse et j'ai essayé de me représenter tout ce qui était arrivé. Pendant que le vieil homme se tenait là, il vit quelque chose qui surgissait de la lande, quelque chose qui l'épouvanta au point qu'il en perdit la tête, et qu'il courut, courut jusqu'à ce qu'il tombât foudroyé par l'horreur et l'épuisement. J'étais dans ce long tunnel sombre qu'il avait choisi pour fuir. Mais fuir quoi? Un chien de berger de la lande? Ou un chien-fantôme noir, silencieux, monstrueux? Un être humain était-il intervenu? Le pâle et attentif Barrymore en savait-il plus qu'il ne se souciait d'en dire? Toujours est-il que l'ombre du crime se profile toujours derrière ce décor.

J'ai vu un autre voisin depuis ma dernière lettre : M. Frankland, de Lafter Hall, qui habite à sept kilomètres au sud du manoir. C'est un homme âgé, au visage rouge et aux cheveux blancs, irascible. Il n'a qu'une passion : la loi. Il a dépensé une fortune dans des procès. Il plaide pour le simple plaisir de la chicane, et il est également disposé à soutenir l'un ou l'autre aspect d'un litige; il trouve que sa distraction lui coûte cher; qui s'en étonnerait? Parfois il clôt une jouissance de passage et il met la paroisse au défi de la lui faire rouvrir. Ou bien il brise de ses propres mains une barrière qui ne lui appartient pas, assure qu'un chemin existait là de temps immémorial, et interdit au propriétaire de le poursuivre s'il se promène dans son domaine. Il connaît à fond le vieux droit seigneurial et communal; il lui arrive d'appliquer sa science tantôt en faveur des villageois, tantôt contre eux; il est alors périodiquement porté en triomphe dans la grand-rue du village ou brûlé en effigie sur la place publique, selon la version qu'il a choisie. On dit qu'il a sept procès sur les bras en ce moment, ce qui engloutira sans doute les débris de sa fortune, donc le désarmera et le réduira à l'impuissance pour l'avenir. La loi mise à part, il paraît aimable, avenant, et je ne vous parle de lui que parce que vous avez insisté pour que je vous envoie le portrait de tous ceux qui nous entourent. Il a pour l'instant des occupations curieuses; en effet il est astronome amateur et il possède un excellent télescope : aussi se tient-il tout le jour sur le toit de sa maison, et il explore la lande avec sa lunette dans l'espoir de retrouver trace du forçat évadé. S'il ne consacrait son énergie qu'à cet examen, tout irait bien; mais le bruit court qu'il a l'intention de poursuivre le docteur Mortimer qui aurait procédé à l'ouverture d'un tombeau sans le consentement du plus proche parent afin de découvrir son fameux crâne néolithique dans la carrière de Long Down. Il nous aide à rompre la monotonie de notre séjour, et il met une touche de comique là où elle s'avère fort nécessaire.

Et maintenant, vous ayant mis à la page en ce qui concerne le forçat évadé, les Stapleton, le docteur Mortimer, et Frankland de Lafter Hall, je terminerai sur le plus important : je veux insister en effet sur les Barrymore, et particulièrement sur les faits surprenants de la nuit dernière.

Ceci d'abord à propos du télégramme test que vous aviez envoyé de Londres afin d'avoir la preuve que Barrymore était réellement ici. Je vous ai déjà expliqué que le témoignage du chef du bureau de poste montrait que le test s'était avéré sans valeur et que nous n'avions de preuve ni dans un sens ni dans un autre. Mais j'ai mis Sir Henry au courant, et lui, tout de suite, à sa manière directe, a convoqué Barrymore et lui a demandé si le télégramme lui avait été remis en main propre. Barrymore assura que oui.

« Le petit facteur vous l'a vraiment délivré en main propre ? » insista Sir Henry.

Barrymore parut surpris. Il réfléchit quelques instants.

« Non, répondit-il. J'étais dans la chambre de débarras à ce moment-là; et ma femme me l'a apporté.

— Avez-vous répondu vous-même ?

— Non. J'ai dit à ma femme ce qu'il fallait répondre, et elle est redescendue pour l'écrire. »

Dans la soirée il revint sur le sujet.

« Je n'ai pas tout à fait compris le sens de vos

questions de ce matin, Sir Henry, dit-il. J'espère qu'elles ne signifient pas que j'ai démérité de votre confiance? »

Sir Henry dut lui certifier qu'il n'en était rien, et il l'apaisa en lui donnant une partie de sa garde-robe d'Amérique, celle de Londres étant enfin arrivée.

Mme Barrymore m'intéresse. C'est une personne solide, épaisse, bornée, immensément respectable, et qui penche vers le puritanisme. Il est difficile d'imaginer un être moins émotif. Pourtant je vous ai raconté que, au cours de ma première nuit ici, je l'avais entendue sangloter amèrement; depuis lors j'ai observé plus d'une fois des traces de larmes sur son visage. Un chagrin profond la tenaille. Parfois je me demande si elle ne se sent pas coupable d'une faute qui l'obsède, parfois aussi je soupçonne Barrymore d'être un tyran domestique. J'ai toujours senti que le caractère de cet homme comportait de la singularité et du mystère. L'aventure de cette nuit a fortement aggravé mes soupçons.

L'affaire en elle-même paraît mince. Vous savez que je n'ai pas le sommeil lourd; depuis que dans cette maison je me tiens sur mes gardes il est plus léger que jamais. La nuit dernière, vers deux heures du matin, je fus réveillé par un bruit de pas légers dans le couloir. Je me levai, ouvris ma porte, inspectai les alentours. Une grande ombre noire avançait dans le couloir, projetée par un homme qui marchait doucement et qui tenait à la main une bougie. Il n'était vêtu que d'une chemise et d'un pantalon; il avait les pieds nus.

D'après sa taille c'était Barrymore. Il marchait très lentement, avec beaucoup de précautions; dans tout son aspect il y avait quelque chose d'indiciblement coupable et furtif.

Je vous ai indiqué que le couloir est interrompu par la galerie qui court le long du vestibule, mais qu'il se prolonge de l'autre côté. J'ai attendu qu'il ait avancé, puis je l'ai suivi. Quand je suis arrivé à la galerie, il avait atteint l'extrémité de l'autre couloir et j'ai pu voir, par une lueur qui filtrait d'une porte ouverte, qu'il était entré dans l'une des chambres. Comme toutes ces chambres sont vides de meubles et inoccupées, son expédition me sembla inexplicable. La lueur brillait paisiblement, comme s'il se tenait immobile. Je me faufilai dans le couloir, sans bruit, et je regardai par l'entrebâillement de la porte.

Barrymore était collé le nez à la fenêtre, en maintenant la bougie contre la vitre. Je le voyais de trois quarts; sa figure était contractée; il scrutait la nuit sur la lande. Pendant quelques minutes il fouilla l'obscurité avec un regard intense. Puis il poussa un grognement et, d'un geste impatient, il souffla la bougie. Aussitôt je réintégrai ma chambre; des pas furtifs ne tardèrent pas à m'indiquer que Barrymore repassait devant ma porte. Bien après, alors que j'étais retombé dans un sommeil léger, j'entendis une clef tourner quelque part dans une serrure, mais je ne saurais dire où exactement. La signification de tout cela m'échappe mais ce dont je suis sûr, c'est qu'une affaire secrète se trame dans ce sinistre manoir, et que tôt ou tard nous aurons à en sonder le fond. Je ne vous agacerai pas avec les théories que ma tête élabore, puisque vous m'avez prié de me borner aux faits. Ce matin, j'ai eu une longue conversation avec Sir Henry, et nous avons envisagé un plan de campagne fondé sur mes observations de la nuit dernière. Je ne vous en parle pas à présent, mais il devrait me fournir l'occasion d'un prochain rapport bien intéressant.

CHAPITRE IX

LUMIÈRE SUR LA LANDE
SECOND RAPPORT
DU DOCTEUR WATSON

Baskerville Hall, 15 octobre.

Mon cher Holmes,

Si je ne vous ai pas communiqué beaucoup de nouvelles pendant les premiers jours de ma mission, reconnaissez que je m'emploie à rattraper le temps perdu : les événements fondent sur nous, rapides et serrés. Dans mon dernier rapport je terminais en vous racontant l'épisode de Barrymore à la fenêtre, et j'ai en main à présent de quoi vous surprendre grandement. Les choses ont pris un cours que je ne pouvais pas prévoir. Dans les dernières quarante-huit heures elles se sont à la fois clarifiées et compliquées. Mais je vais tout vous dire; après quoi vous jugerez.

Au matin qui succéda à mon aventure nocturne, avant de descendre pour le petit déjeuner, je passai par le couloir et j'examinai la chambre où j'avais vu entrer Barrymore. La fenêtre ouest par laquelle il avait fouillé les ténèbres avec tant d'attention possède, je l'ai remarqué, une particularité qui la distingue de toutes les autres fenêtres du manoir : c'est de derrière ses carreaux que l'on a la meilleure vue sur la lande. Entre deux arbres une éclaircie permet, à partir de cet observatoire, de percer loin à travers la lande, tandis que de toutes les autres fenêtres on la distingue mal. Il s'ensuit donc que Barrymore, puisqu'il est allé à cette fenêtre, devait chercher quelque chose ou quelqu'un sur la lande. La nuit étant fort sombre, je me demande comment il aurait pu distinguer quoi ou qui que ce fût. Je songeai à une intrigue amoureuse. Ce qui aurait expliqué son pas furtif ainsi que le chagrin de sa femme. Par ailleurs Barrymore est un bel homme, tout à fait capable de capter le cœur d'une fille de la campagne. Ma théorie se défendait donc assez bien. L'ouverture d'une porte (je l'avais entendue après que je fus rentré dans ma chambre) pouvait signifier qu'il était sorti pour un rendez-vous clandestin. Voilà quels furent mes raisonnements du matin, ainsi que l'orientation de mes soupçons, dont j'appris par la suite combien ils étaient mal fondés.

Mais quelle que pût être la véritable explication des faits et gestes de Barrymore, je me sentis incapable d'assumer seul la responsabilité du secret que j'avais surpris. Après le petit déjeuner je me rendis dans le bureau du baronnet et je le mis au courant. Il parut moins étonné que je ne m'y attendais.

« Je savais que Barrymore se promenait de nuit, me dit-il, et j'avais l'intention de lui en toucher un mot. Deux ou trois fois j'ai entendu son pas dans le couloir, ses allées et venues, à peu près à l'heure que vous m'indiquez.

— Peut-être alors se rend-il toutes les nuits à cette fenêtre particulière? hasardai-je.

— Peut-être. S'il en est ainsi, nous devrions pouvoir le suivre et savoir ce qu'il recherche. Je me demande ce que ferait votre ami Holmes s'il était ici.

— Je crois qu'il ferait exactement ce que vous suggérez, lui répondis-je. Il suivrait Barrymore et il verrait ce qu'il fait.

— Alors nous le surveillerons ensemble.

— Mais il nous entendra!

— Il est un peu dur d'oreille; en tout cas, nous devons courir ce risque. Nous nous installerons ce soir dans ma chambre et nous attendrons qu'il passe devant ma porte. »

Sir Henry se frotta les mains avec contentement; cette aventure lui apparaissait comme une distraction.

Il faut que je vous dise que le baronnet s'est mis en rapport avec l'architecte qui a travaillé aux plans de Sir Charles, ainsi qu'avec un entrepreneur de Londres; nous pouvons donc nous attendre à de grands changements prochains. De Plymouth sont venus des décorateurs et des antiquaires. Notre ami a évidemment de vastes projets, et il n'entend épargner ni peine ni dépenses pour restaurer la grandeur de sa famille. Quand il aura modernisé et meublé le manoir, il ne lui manquera plus qu'une épouse. Entre nous. certains signes révèlent que cette lacune sera comblée si certaine demoiselle y consent, car j'ai rarement vu homme plus amoureux que le baronnet avec sa ravissante voisine, Mlle Stapleton. Hélas! le cours du véritable amour ne coule pas aussi uniment qu'on pourrait l'espérer! Aujourd'hui par exemple, une ride tout à fait imprévue a provoqué chez notre ami autant de perplexité que de souci.

Après l'entretien qui m'avait permis de parler de Barrymore, Sir Henry se coiffa d'un chapeau et se prépara à sortir. Je l'imitai.

« Comment! M'accompagneriez-vous, Watson? me demanda-t-il en me dévisageant curieusement.

— Cela dépend : allez-vous sur la lande?

— Oui.

— Alors, vous connaissez mes instructions. Je suis désolé de faire figure d'intrus, mais vous avez entendu Holmes insister, avec quel sérieux, pour que vous ne vous promeniez pas seul sur la lande. »

Sir Henry posa une main sur mon épaule et me sourit gentiment.

« Mon cher ami, me dit-il, Holmes avec toute sa sagesse n'a pas prévu différentes choses qui se sont produites depuis mon arrivée. Vous me comprenez? Je suis sûr que vous êtes le dernier homme au monde à vouloir faire figure de gêneur. Je dois sortir seul! »

Dans une situation aussi fausse, ne sachant quoi dire ni faire, je ne m'étais pas encore décidé que le baronnet avait pris sa canne et qu'il était parti.

Mais à la réflexion, ma conscience me reprocha amèrement de l'avoir laissé sortir seul. Je me représentai les sentiments qui m'animeraient si je devais vous avouer qu'un malheur était arrivé parce que j'avais négligé vos instructions. Je vous l'assure : cette pensée me fit rougir. Peut-être pouvais-je le rattraper : je me hâtai vers Merripit.

Lorsque j'atteignis l'endroit où débouche le sentier de la lande, je n'avais pas encore aperçu Sir Henry. Craignant de m'être fourvoyé, je gravis une colline qui dominait le paysage. De là je le vis tout de suite. Il se trouvait sur le sentier de la lande, à quatre cents mètres du croisement, avec une femme à côté de lui : c'était sûrement Mlle Stapleton. Déjà ils s'étaient donc entendus pour avoir un rendez-vous? Plongés dans une conversation sérieuse ils marchaient lentement, et je la vis faire de petits mouvements vifs de la main comme si elle se passionnait pour ce qu'elle disait, tandis qu'il l'écoutait attentivement; une fois ou deux elle secoua la tête pour marquer nettement son désaccord. Je restai parmi les rochers à les épier, en me demandant ce que je devais faire. Les suivre et intervenir dans leur entretien privé serait commettre une grave indélicatesse, et pourtant mon devoir était clair : je ne devais jamais perdre de vue le baronnet. Se comporter en espion à l'égard d'un ami était haïssable. Mais je ne voyais rien de mieux à faire que de le surveiller de ma colline et par la suite de soulager ma conscience en lui confessant mon indiscrétion. Il est vrai que si un danger soudain l'avait menacé j'aurais été trop loin pour l'écarter de lui, mais je vous assure que vous auriez convenu avec moi que ma position était très délicate et que je ne pouvais agir autrement.

Notre ami Sir Henry et la demoiselle s'étaient

arrêtés sur le sentier, profondément absorbés par leur conversation. Tout à coup je m'aperçus que je n'étais pas leur seul témoin. Une tache verte flottant dans l'air attira mon regard; un autre coup d'œil m'apprit qu'elle se déplaçait au bout d'une canne portée par un promeneur. C'était Stapleton et son filet à papillons. Il était beaucoup plus près des amoureux que moi-même, et il avait l'air de foncer sur eux. Au même instant Sir Henry attira Mlle Stapleton, enlaça sa taille, mais j'eus l'impression qu'elle faisait effort afin de se libérer, qu'elle se détournait de lui. Il inclina son visage au-dessus du sien, et elle leva une main comme pour protester. A la seconde suivante, je les vis s'écarter précipitamment l'un de l'autre. Stapleton en était la cause. Il courait vers eux comme un forcené, avec son absurde filet qui se balançait derrière son dos. Il gesticulait et dans sa fureur il se dandinait devant les amoureux. Je ne pouvais pas entendre ses paroles, mais il m'apparut qu'il était en train d'injurier Sir Henry, lequel présentait ses explications; mais comme l'autre refusait de les entendre, le ton monta. La demoiselle était figée dans un silence hautain. Finalement Stapleton tourna le dos au baronnet et adressa à sa sœur une invitation péremptoire; Mlle Stapleton lança un regard indécis à Sir Henry, puis elle se retira en compagnie de son frère. Les gestes hargneux du naturaliste indiquaient clairement que la jeune fille n'était pas exclue des objets de sa colère. Le baronnet demeura une minute immobile, puis il refit en sens inverse le chemin qu'il avait parcouru, tête basse, vivante image du désespoir.

Ce que tout cela signifiait, je ne pouvais l'imaginer; mais j'avais honte d'avoir assisté à une scène si intime sans que mon ami le sût. Je descendis la colline en courant et me trouvai nez à nez avec le baronnet. Il était rouge de fureur, il avait le front tout plissé, il ressemblait à un homme qui ne sait plus à quel saint se vouer.

« Hello, Watson! D'où tombez-vous? me demanda-t-il. Vous n'allez pas me dire que vous m'avez suivi malgré ma prière? »

Je lui expliquai les circonstances : comment il m'avait paru impossible de demeurer derrière lui, comment je l'avais suivi, comment j'avais été le témoin de ce qui s'était passé. Il me jeta d'abord un regard courroucé, mais ma sincérité désarma sa colère, et il se mit à rire sans joie.

« Qui aurait cru que ce sentier n'était pas bien choisi pour un rendez-vous! dit-il. Nom d'un tonnerre! toute la région semble avoir voulu assister à mes fiançailles. De bien pauvres fiançailles! Où aviez-vous loué un fauteuil d'orchestre?

— J'étais sur la colline.

— Au promenoir, alors? Mais son frère se trouvait aux premières loges. L'avez-vous vu venir sur nous?

— Oui.

— Avez-vous jamais pensé qu'il était fou? Je veux dire : son frère.

— Non.

— Moi non plus. Je l'avais toujours pris jusqu'à aujourd'hui pour un être sain d'esprit. Mais vous pouvez m'en croire : il y en a un de nous deux qui devrait être mis dans une camisole de force! Que lui a-t-il pris? Vous avez vécu près de moi depuis plusieurs semaines, Watson. Soyez franc : voyez-vous quelque chose qui m'empêcherait d'être un bon mari à l'égard d'une femme que j'aimerais?

— Ma foi non!

— Il n'a rien à objecter à ma situation matérielle; ce serait plutôt moi qui aurais à objecter quelque chose à la sienne. Qu'a-t-il contre moi? Je ne me rappelle pas avoir jamais fait du mal à un homme ou à une femme. Et pourtant il ne me juge pas digne de toucher seulement le bout de ses doigts.

— Vous l'a-t-il dit expressément?

— Cela, et davantage. Je vous le dis, Watson, je ne la connais que depuis quelques semaines, mais depuis le premier jour j'ai deviné qu'elle était faite pour moi, et qu'elle... eh bien, qu'elle était heureuse quand elle se trouvait avec moi, j'en jurerais! Dans les yeux d'une femme il y a une lumière qui en dit plus long que des mots. Mais il ne nous a jamais laissés seuls ensemble; aujourd'hui j'ai eu pour la première fois la chance de pouvoir lui parler tête à tête. Elle était contente de me voir; seulement ce n'était pas pour parler d'amour qu'elle était venue : elle ne m'aurait même jamais permis d'en parler si elle avait pu m'arrêter. Elle ne cessait de me répéter que la lande était dangereuse, et qu'elle ne serait heureuse que lorsque je m'en serais éloigné. Je lui répondis que depuis que je l'avais vue, je n'étais nullement pressé de partir, et que si elle voulait réellement que je m'éloigne, le seul moyen de me faire céder était qu'elle parte avec moi. Je lui offris le mariage, mais avant qu'elle eût pu me répondre son frère fondit sur nous, avec un vrai visage de fou furieux : il était blanc de rage, ses yeux clairs lançaient des flammes... Que faisais-je avec la demoiselle ? Comment osais-je lui offrir des hommages qu'elle trouvait odieux ? Pensais-je que parce que j'étais baronnet je pourrais faire ce que je voulais ? S'il n'avait pas été son frère, j'aurais mieux su lui répliquer. Bref je lui dis que les sentiments que je portais à sa sœur n'avaient rien de honteux, et que j'espérais qu'elle me ferait l'honneur de devenir ma femme. Cette déclaration ne semblant pas l'apaiser, moi aussi je perdis mon sang-froid, et je m'adressai à lui sur un ton plus vif que, peut-être, il aurait convenu en présence de sa sœur. Pour finir, il l'a emmenée, ainsi que vous l'avez vu, et me voici complètement désemparé. Dites-moi ce que tout cela signifie, Watson, et je vous devrai plus que je ne pourrai jamais m'acquitter envers vous. »

Je tâtai de deux ou trois explications, mais en vérité j'étais aussi déconcerté que le baronnet. Le titre de notre ami, sa fortune, son âge, son caractère, son aspect physique parlaient éloquemment en sa faveur ; en dehors du sombre destin attaché à sa famille, je ne voyais rien qui jouât contre lui. Il était ahurissant que ses avances eussent été rejetées aussi brusquement sans même que la demoiselle eût été consultée, et que celle-ci eût accepté cette situation sans protester. Toutefois notre perplexité se trouva apaisée l'après-midi même par une visite de Stapleton au manoir : il venait s'excuser de son emportement du matin et, après une longue conversation tête à tête avec Sir Henry dans le bureau de celui-ci, la brouille fut dissipée; si complètement que vendredi prochain nous devons dîner à Merripit.

« Je n'affirmerai pas néanmoins qu'il est parfaitement équilibré, me dit Sir Henry. Je ne puis oublier ses yeux de fou de ce matin. Mais je dois reconnaître que personne ne se serait mieux excusé que lui.

— Comment explique-t-il sa conduite?

— Il dit que sa sœur est l'essentiel de sa vie. C'est assez normal; je suis heureux qu'il l'apprécie autant. Ils ont toujours vécu ensemble et il a mené une existence solitaire qu'elle seule égayait; la perspective de la perdre ne pouvait donc que lui sembler terrible. Il m'assura qu'il n'avait pas compris que j'étais devenu amoureux d'elle; quand il le vit de ses propres yeux et quand il comprit qu'il pourrait être privé de sa sœur, il en éprouva un tel choc qu'il perdit momentanément le contrôle de ses paroles et de ses actes. Il regretta vivement ce qui s'était passé, et il reconnut l'erreur égoïste qu'il avait commise en imaginant qu'il pourrait garder toute sa vie auprès de lui une femme aussi belle. Si sa sœur devait le quitter, ajouta-t-il, il préférait à tout prendre que ce fût pour un voisin comme moi-même. Mais en toute éventualité ce serait un coup, et un peu de temps lui serait nécessaire pour qu'il pût s'y préparer. Il renoncerait à toute opposition si je consentais à lui promettre de laisser les choses en état pendant trois mois, c'est-à-dire de me borner à cultiver l'amitié de sa sœur sans revendiquer son amour. J'ai promis; voilà où nous en sommes. »

L'un de nos petits mystères se trouve donc éclairci. C'est quelque chose d'avoir une fois repris pied dans ce marais où nous pataugeons! Nous savons maintenant pourquoi Stapleton considérait d'un si mauvais œil le courtisan de sa sœur (même lorsque ce courtisan avait tous les mérites de Sir Henry). Aussi vais-je passer à un autre mystère, celui des sanglots nocturnes, du visage chagrin de Mme Barrymore et de la promenade secrète du maître d'hôtel à la fenêtre ouest. Félicitez-moi, mon cher Holmes, et dites-moi que je ne vous déçois pas, que vous ne regrettez pas la confiance que vous m'avez témoignée quand vous m'avez envoyé en mission. Il a suffi d'une nuit de travail pour l'éclaircir.

J'ai dit « une nuit de travail », mais, en vérité, il en a fallu deux, car la première n'a rien donné. Je m'étais assis dans la chambre de Sir Henry mais, à trois heures du matin, nous n'avions entendu que le carillon de l'horloge du palier; notre veillée s'embruma de mélancolie et nous finîmes par nous endormir dans nos fauteuils. Heureusement nous ne nous décourageâmes point et nous résolûmes de récidiver la nuit suivante. Le lendemain soir donc, nous baissâmes la lampe et nous nous installâmes sans faire de bruit, fumant cigarette sur cigarette. La lenteur du temps nous sembla invraisemblable et cependant notre patience était entretenue par la curiosité qui anime le chasseur lorsqu'il veille auprès du piège qu'il a tendu. Une heure. Deux heures. Nous allions renoncer quand simultanément nous nous redressâmes sur nos sièges. Dans le couloir nous avions entendu le craquement d'un pas.

Très furtivement quelqu'un passa devant la porte et s'en fut plus loin; le bruit des pas s'étouffa progressivement. Alors le baronnet ouvrit doucement sa porte, et nous nous élançâmes à la poursuite du promeneur. Déjà notre homme avait fait le tour de la galerie, et le couloir était plongé dans l'obscurité. Sur la pointe des pieds nous avançâmes jusqu'à l'autre aile. Nous eûmes juste le temps d'apercevoir la grande silhouette barbue pénétrer dans une chambre, la même que l'avant-veille; la lumière de sa bougie projeta par la porte un rayon jaune vers lequel nous nous dirigeâmes avec précaution, tâtant du pied chaque plinthe avant d'y poser notre poids. Nous avions songé à nous déchausser chez Sir Henry; néanmoins les vieux bois du plancher gémissaient et craquaient sous nos pas. Il nous semblait impossible qu'il ne nous entendît point approcher. Par chance Barrymore est dur d'oreille, et il était trop absorbé par ce qu'il faisait. Quand nous atteignîmes la porte et regardâmes à l'intérieur, nous le vîmes à la fenêtre, bougie en main; sa figure blême était collée au carreau, exactement dans la position où je l'avais vu la première fois.

Nous n'avions pas préparé de plan précis, mais le baronnet n'est pas homme à biaiser. Il entra dans la chambre; Barrymore fit un bond pour s'écarter de la fenêtre; un sifflement s'échappa de sa poitrine; livide, tremblant, il resta immobile devant nous. Ses yeux noirs qui, dans le visage blanc, paraissaient encore plus noirs, allaient de Sir Henry à moi en exprimant autant d'horreur que de surprise.

« Que faites-vous ici, Barrymore?

— Rien, monsieur... »

Son agitation était telle qu'il pouvait à peine parler; les ombres sautaient sur les murs tant la bougie vacillait dans sa main.

« ... C'était la fenêtre, monsieur. Je fais une ronde la nuit, monsieur, pour m'assurer qu'elles sont bien fermées.

— Au deuxième étage?

— Oui, monsieur, toutes les fenêtres.

— Allons, Barrymore! s'écria Sir Henry avec fermeté. Nous avons décidé de savoir la vérité sur votre compte, aussi vous vous éviterez de sérieux ennuis en nous la disant le plut tôt possible. Allons! Plus de mensonges! Que faisiez-vous à cette fenêtre? »

Le maître d'hôtel nous regarda avec désespoir; il se tordit les mains comme s'il avait atteint le dernier degré du doute et de la misère.

« Je ne faisais pas de mal, monsieur. Je tenais une bougie près de la fenêtre.

— Et pourquoi teniez-vous une bougie près de la fenêtre?

— Ne me le demandez pas, Sir Henry! Ne me le demandez pas!... Je vous donne ma parole, monsieur, que ce n'est pas mon secret et que je ne peux pas vous le dire. S'il ne concernait que moi, je vous le livrerais tout de suite! »

Une idée soudaine me traversa l'esprit, et je pris la bougie des mains du maître d'hôtel.

« Il a dû la tenir en l'air en guise de signal, dis-je. Voyons s'il y aura une réponse. »

Je la levai comme il l'avait fait, et scrutai la nuit obscure. Je pouvais discerner vaguement le massif noir des arbres et l'étendue plus claire de la lande, mais mal car la lune était cachée par des nuages. Soudain je poussai un cri de joie : un minuscule point de lumière jaune venait de percer le voile opaque, et brillait fixement au centre du carré noir encadré par la fenêtre.

« La voilà ! m'exclamai-je.

— Non, non, monsieur ! Ce n'est rien... Rien du tout ! bégaya le maître d'hôtel. Je vous assure, monsieur...

— Déplacez votre bougie le long de la fenêtre, Watson ! cria le baronnet. Voyez, l'autre bouge aussi ! A présent, coquin, bandit, nierez-vous qu'il s'agit d'un signal ? Allons, parlez ! Qui est votre associé là-bas, et quel complot tramez-vous ? »

Barrymore prit brusquement un air de défi.

« C'est mon affaire, et pas la vôtre. Je ne vous dirai rien !

— Alors vous perdrez votre emploi. Je vous chasse. Tout de suite.

— Très bien, monsieur. S'il le faut, je partirai.

— Je vous chasse. Nom d'un tonnerre ! vous devriez avoir honte ! Votre famille a vécu avec la mienne pendant plus de cent ans sous ce toit, et vous voici complotant contre moi !

— Non, monsieur ! Pas contre vous ! »

C'était une femme qui venait de parler. Mme Barrymore, encore plus pâle et plus épouvantée que son mari, était apparue sur le seuil. Sa grosse silhouette revêtue d'une chemise et d'un châle aurait été comique si ses traits n'avaient exprimé une forte émotion.

« Nous partons, Éliza. Tout est fini. Vous pouvez faire nos bagages, dit le maître d'hôtel.

— Oh! John, John, vous aurais-je entraîné jusque-là? C'est moi la responsable, Sir Henry! Moi seule... Il n'a agi que pour me faire plaisir et parce que je le lui avais demandé.

— Parlez, alors! Que signifie cela?

— Mon malheureux frère meurt de faim sur la lande. Nous ne pouvons pas le laisser périr devant notre porte. La lumière est un signal pour lui indiquer que des provisions sont préparées pour lui; et sa lumière là-bas nous indique l'endroit où les lui déposer.

— Donc votre frère serait...

— Le forçat évadé, monsieur. Selden, le criminel.

— C'est la vérité, monsieur! proclama Barrymore. Je vous ai déclaré que ce n'était pas mon secret et que je ne pouvais rien vous dire. Mais maintenant vous êtes au courant; vous voyez que si un complot était effectivement tramé, vous n'y étiez nullement visé. »

Telle était donc l'explication des furtives expéditions nocturnes et de la lumière à la fenêtre? Sir Henry et moi nous contemplâmes stupéfaits Mme Barrymore. Était-il possible qu'une personne aussi respectable fût du même sang que l'un des plus notoires criminels du pays?

« Oui, monsieur, mon nom de jeune fille est Selden, et il est mon plus jeune frère. Nous l'avons trop gâté quand il était enfant, nous lui donnions tout ce qui lui faisait plaisir, et il a cru que le monde était créé pour qu'il pût en disposer à son gré. En grandissant, il s'est lié avec de mauvais camarades et le diable est entré en lui : il a brisé le cœur de ma mère et traîné notre nom dans la boue. De crime en crime il a sombré toujours plus bas; seule la miséricorde de Dieu l'a arraché à l'échafaud. Mais pour moi, monsieur, il était toujours le petit garçon aux cheveux bouclés que j'avais dorloté et avec qui j'avais joué. Voilà pourquoi il s'est évadé, monsieur. Il savait que j'étais dans la région et que nous ne refuserions pas de l'aider. Quand il s'est traîné ici une nuit, las et affamé, avec les gardes sur ses talons, que pouvions-nous faire? Nous l'avons accueilli, nourri, réconforté. Puis vous êtes rentré, monsieur, et mon frère a pensé qu'il serait plus en sécurité sur la lande jusqu'à ce que les clameurs s'apaisent. Il s'y cache. Mais toutes les deux nuits nous nous assurons qu'il y est toujours en disposant une lumière contre la fenêtre; s'il y répond, mon mari va lui porter un peu de pain et de viande. Tous les jours nous espérons qu'il sera parti; mais tant qu'il erre par là, nous ne pouvons pas l'abandonner. Voilà toute la vérité, aussi vrai que je suis une honnête chrétienne; s'il y a quelqu'un à blâmer dans cette affaire, ce n'est pas mon mari, c'est moi pour l'amour de qui il a agi comme il l'a fait. »

Cette femme avait parlé avec une telle conviction qu'elle nous persuada qu'elle venait de dire la vérité.

« Est-ce vrai, Barrymore?

— Oui, Sir Henry. Il n'y a pas un mot de faux.

— Eh bien, je ne saurais vous blâmer d'avoir aidé votre femme. Oubliez ce que je vous ai dit. Rentrez chez vous, tous les deux, et nous reparlerons de l'affaire dans la matinée. »

Quand ils furent sortis, nous regardâmes à nouveau par la fenêtre. Sir Henry l'avait ouverte, et le vent glacé de la nuit nous fouettait le visage. Au loin brillait encore le petit point de lumière jaune.

« Je m'étonne qu'il ose se signaler ainsi, murmura Sir Henry.

— La lumière est peut-être placée de telle façon qu'elle n'est visible que d'ici.

— Très vraisemblablement. A combien estimez-vous la distance ?

— Quinze cents ou deux mille mètres.

— A peine.

— Oui.

— Ce ne doit pas être loin si Barrymore lui porte de la nourriture. Et il attend, ce bandit, à côté de la lumière. Nom d'un tonnerre, Watson, je vais le capturer ! »

J'avais eu la même idée. Ce n'était pas comme si les Barrymore nous avaient mis dans leur secret. Nous le leur avions extorqué. L'homme était un danger pour la communauté, un coquin qui ne méritait ni pitié ni excuse. Nous ne ferions que notre devoir en saisissant cette chance de le ramener en un lieu où il ne pourrait plus nuire. Étant donné sa nature brutale et violente, d'autres seraient en péril si nous n'agissions pas. N'importe quelle nuit, par exemple, nos voisins les Stapleton pourraient être attaqués par lui. Peut-être cette idée avait-elle déterminé Sir Henry.

« Je viens moi aussi! dis-je.

— Alors prenez votre revolver et chaussez-vous. Plus tôt nous partirons, mieux cela vaudra, car cet individu peut éteindre ses lumières et disparaître. »

Cinq minutes plus tard, nous étions en route. Nous courûmes à travers les massifs. Le vent d'automne exhalait sa tristesse que rythmait le bruissement des feuilles mortes. L'air était lourd d'humidité et de pourrissement. Par intermittence la lune surgissait des nuages, mais ceux-ci accouraient de tous côtés et, juste au moment où nous pénétrions sur la lande, une pluie fine se mit à tomber. La lumière brillait toujours face à nous.

« Êtes-vous armé? demandai-je à Sir Henry.

— J'ai un stick de chasse.

— Il faut que nous tombions dessus par surprise, car c'est un individu prêt à tout. Nous l'attaquerons par-derrière pour l'avoir à notre merci avant qu'il puisse résister.

— Dites, Watson, que dirait Holmes? Nous en sommes à cette heure d'obscurité où s'exaltent les Puissances du Mal... »

Comme pour répondre à sa phrase, de la sinistre nuit de la lande s'éleva soudain ce cri étrange que j'avais entendu aux abords du grand bourbier de Grimpen. Le vent le porta à travers le silence nocturne : ce fut d'abord un murmure long, grave; puis un hurlement qui prit de l'ampleur avant de retomber dans le gémissement maussade où il s'éteignit. A nouveau il retentit, et tout l'air résonna de ses pulsations : strident, sauvage, menaçant. Le baronnet saisit ma manche; son visage livide se détacha de la pénombre.

« Grands dieux, Watson, qu'est cela?

— Je ne sais pas. C'est un bruit qu'on n'entend que sur la lande. Je l'ai déjà entendu une fois. »

Un silence absolu, oppressant, lui succéda. Nous nous étions immobilisés, l'oreille aux aguets. Rien n'apparut.

« Watson, me chuchota le baronnet, c'était l'aboiement d'un chien. »

Mon sang se glaça dans mes veines : le tremblement de sa voix traduisait l'horreur subite qui l'avait envahi.

« Comment appellent-ils ce cri? me demanda-t-il.

— Qui?

— Les gens de la campagne.

— Oh! ce sont des ignorants! Que vous importe le nom qu'ils lui donnent...

— Dites-le-moi, Watson. Comment l'appellent-ils? »

J'hésitai, mais comment éluder la question?

« Ils disent que c'est le cri du chien des Baskerville! »

Il poussa un grognement lugubre.

« C'était effectivement un chien! Mais il a poussé son cri à une grande distance.

— Il est difficile de préciser d'où il venait.

— Il s'enflait et diminuait avec le vent. N'est-ce pas par là le grand bourbier de Grimpen?

— Si.

— Eh bien, il venait de là. Allons, Watson,

n'êtes-vous pas persuadé que c'était le cri d'un chien? Je ne suis pas un enfant! Vous n'avez pas à avoir peur de me dire la vérité.

— Stapleton était avec moi quand je l'ai entendu. Il m'a expliqué que c'était peut-être le cri d'un oiseau, d'un butor.

— Non, c'était un chien. Mon Dieu, y aurait-il du vrai dans toutes ces histoires? Est-il possible que je sois exposé à un danger réel à cause de...? Vous ne le croyez pas, vous, Watson?

— Non.

— Et cependant, quelle différence que de rire à Londres de cette histoire, et de se tenir là, dans la nuit de cette lande, en entendant un cri pareil! Et mon oncle! Il y avait l'empreinte du chien à côté de l'endroit où il gisait. Tout cadre, évidemment! Je ne crois pas que je sois un lâche, Watson, mais ce cri a gelé mon sang. Touchez ma main! »

Elle était aussi froide qu'un bloc de marbre.

« Demain vous serez remis.

— Je ne crois pas que je pourrai oublier ce cri. Que me conseillez-vous maintenant?

— Faire demi-tour?

— Nom d'un tonnerre, non! Nous sommes sortis pour attraper cet homme, nous l'attraperons! Nous pourchassons le forçat mais un chien de l'enfer, comme c'est probable, nous pourchasse. Allons! Nous irons jusqu'au bout, même si tous les monstres de Satan sont lâchés sur la lande. »

Nous avançâmes en trébuchant dans l'obscurité; le contour confus des collines déchiquetées nous encerclait, mais la lueur jaune brillait toujours devant nous. Rien n'est plus trompeur qu'une lumière dans une nuit noire : tantôt elle nous semblait au bout de l'horizon, tantôt nous aurions juré qu'elle n'était plus qu'à quelques mètres. Finalement nous comprîmes d'où elle provenait : nous étions tout proches. Dans une crevasse entre les rochers une bougie coulait son suif; elle était protégée par les pierres contre le vent, et elle ne pouvait être vue que de Baskerville Hall. Un roc de granit protégea notre approche : nous nous accroupîmes derrière. C'était extraordinaire de voir cette bougie perdue en plein milieu de la lande, brûlant sans aucun signe de vie tout autour. Rien que cette flamme jaune, droite, et de chaque côté l'éclat du roc...

« Que faire? chuchota Sir Henry.

— Attendre ici. Il doit être près de cette bougie. Voyons si nous pouvons l'apercevoir. »

J'avais à peine fini de parler qu'il apparut. Par-dessus les rochers, et de la crevasse où était fichée la bougie, une vilaine figure jaune se détacha : une figure bestiale, abominable, qui reflétait les passions les plus viles. Barbouillé de boue, barbe hirsute, échevelé, il aurait pu passer pour l'un de ces sauvages qui habitaient dans les petits villages en pierre. Dans ses yeux petits, rusés, se reflétait la lueur de la bougie. Il regarda farouchement à droite et à gauche, et fouilla la nuit comme un animal sauvage qui aurait flairé des chasseurs.

Ses soupçons avaient été éveillés. Peut-être Barrymore manifestait-il habituellement sa présence par un signal convenu que nous n'avions pas fait; peut-être avait-il d'autres motifs pour croire au danger; en tout cas la peur se lisait sur son visage terrifiant. A tout moment il pouvait éteindre la bougie et fuir dans la nuit. Je bondis donc en avant, et Sir Henry m'imita. Au même instant le forçat nous cria une malédiction et nous lança un morceau de roc qui se brisa sur la grosse pierre qui nous avait servi de parapet. J'aperçus nettement sa silhouette trapue, courtaude, vigoureuse, quand il s'élança pour fuir. Par un heureux hasard la lune troua les nuages. Nous escaladâmes la colline; sur le versant opposé notre homme dévalait à toute allure, sautait de rocher en rocher avec l'agilité d'une chèvre. J'aurais pu l'estropier en déchargeant mon revolver, mais je ne l'avais emporté que pour me défendre en cas d'agression: pas pour tirer sur un homme désarmé qui s'enfuyait.

Nous étions tous deux de bons coureurs en bonne forme, mais nous découvrîmes rapidement que nous n'avions aucune chance de le rattraper. Nous le suivîmes des yeux pendant un long moment, jusqu'à ce qu'il ne fût plus qu'une toute petite tache se déplaçant parmi les pierres sur le flanc d'une colline éloignée. Nous courûmes, courûmes jusqu'à tomber à bout de souffle, mais l'espace entre nous s'accroissait sans cesse. Finalement nous nous abattîmes haletants sur deux rochers; il disparut bientôt dans le lointain.

A ce moment se produisit un incident tout à fait imprévu, invraisemblable. Nous venions de nous lever pour rentrer au manoir. La lune était basse sur notre droite; le sommet tourmenté d'un pic de granit se profilait contre le bord inférieur de son disque d'argent. Là, sculpté comme une statue d'ébène sur ce fond brillant, se dessina un homme au haut du pic. Ne croyez pas à un mirage, Holmes! Je vous assure que de ma vie je n'ai rien vu d'aussi net. Pour autant que j'en pouvais juger à cette distance, l'homme était grand, mince, se tenait jambes écartées, bras croisés, tête baissée comme s'il méditait sur cet immense désert de tourbe et de granit qui s'étendait derrière lui. Il aurait pu être le noir esprit de ce lieu sinistre. Ce n'était pas le forçat. Selden se trouvait loin de l'endroit où se dressait l'inconnu qui, de surcroît, était beaucoup plus grand. Je poussai un cri de surprise et le désignai au baronnet; mais pendant l'instant où je me détournai pour attraper le bras de Sir Henry l'homme avait disparu. Le sommet aigu du pic coupait encore le bord de la lune; toutefois la silhouette immobile et silencieuse n'y était plus.

Je voulais marcher dans cette direction et fouiller le pic, mais c'était loin. Les nerfs du baronnet avaient été trop secoués par l'aboiement qui l'avait replongé dans le sombre passé de sa famille : de nouvelles aventures ne lui disaient rien. Il n'avait pas vu mon inconnu solitaire sur le pic, et il ne partageait pas mon excitation.

« Un garde, sans doute! me dit-il. Depuis que le forçat s'est évadé, la lande fourmille de gardes. »

Peut-être son interprétation est-elle la bonne, mais j'aurais aimé en avoir la preuve. Aujourd'hui nous communiquerons à Princetown la direction où se cache l'évadé, mais c'est dommage que nous n'ayons pas pu triompher complètement en ramenant Selden prisonnier. Telles sont les aventures de cette nuit, mon cher Holmes, et vous reconnaîtrez, j'espère, que mon rapport est digne de vous. Il contient certes beaucoup de renseignements tout à fait négligeables, mais je persiste à penser que j'ai raison de vous informer de tout en vous laissant le soin de choisir les éléments qui vous aideront à parvenir à vos conclusions. Certainement nous progressons. En ce qui concerne les Barrymore, nous avons découvert le mobile de leurs actes, et la situation s'en est éclaircie. Mais la lande avec ses mystères et ses étranges habitants demeure indéchiffrable. Peut-être dans mon prochain rapport pourrai-je vous apporter à son sujet un peu de lumière. Le mieux serait que vous veniez ici.

CHAPITRE X

EXTRAIT DE L'AGENDA DU DOCTEUR WATSON

Jusqu'ici j'ai pu reproduire les rapports que j'ai expédiés durant ces premiers jours à Sherlock Holmes. Maintenant je suis arrivé à un point de mon récit où je me vois contraint d'abandonner cette méthode et de me fier une fois de plus à mes souvenirs que confirme l'agenda que je tenais à l'époque. Quelques extraits de celui-ci me permettront de décrire des scènes dont chaque détail reste fixé dans ma mémoire. Je commence donc par la matinée qui suivit notre vaine chasse au forçat et nos autres aventures peu banales sur la lande.

16 octobre. — Jour triste avec brouillard et crachin. Le manoir est cerné par des nuages qui roulent bas, qui se soulèvent de temps à autre pour nous montrer les courbes mornes de la lande, les minces veines d'argent sur les flancs des collines, et les rochers lointains qui luisent quand la lumière frappe leurs faces humides. La mélancolie est à l'intérieur comme à l'extérieur. Le baronnet, après l'excitation de la nuit, a les nerfs à plat.

Moi-même je sens un poids sur mon cœur et je redoute un danger imminent, d'autant plus terrible qu'indéfinissable.

N'ai-je pas de solides raisons pour craindre le pire ? Considérons la longue succession d'incidents qui tous soulignent la sinistre influence qui nous entoure. Il y a la mort du dernier occupant du manoir, mort qui s'accorde si exactement avec la légende familiale. Il y a les rapports répétés des paysans touchant l'apparition d'une bête monstrueuse sur la lande. N'ai-je pas moi-même entendu de mes propres oreilles par deux fois un bruit qui ressemblait à l'aboiement d'un chien ? Il est incroyable, impossible que les lois ordinaires de la nature soient violées. Un chien fantôme ne laisse pas d'empreintes matérielles, ne remplit pas l'air de son cri. Stapleton peut admettre une telle superstition, et Mortimer aussi ; mais si je n'ai qu'une qualité, c'est le bon sens, et rien ne me fera croire à des énormités pareilles. Y croire serait descendre au niveau de ces pauvres paysans qui ne se contentent pas d'un simple chien du diable, mais qui éprouvent le besoin de le dépeindre avec les feux de l'enfer jaillissant de sa gueule et de ses yeux. Holmes n'accorderait aucun crédit à ces fables. Or, je suis son représentant. Mais les faits étant les faits, j'ai par deux fois entendu ce cri sur la lande. Si j'admets qu'un grand chien erre réellement sur la lande, cette hypothèse explique presque tout. Mais où pourrait se dissimuler une bête pareille ? Où va-t-elle chercher sa nourriture ? D'où vient-elle ? Comment se fait-il que personne ne l'ait vue de jour ?

L'explication naturelle s'entoure d'autant de difficultés que l'autre. Et en dehors du chien, subsistent cet espion dans Londres, l'homme dans le fiacre, et la lettre qui mettait Sir Henry en garde contre la lande. Voilà au moins du réel! Mais il peut s'agir d'un protecteur comme d'un ennemi. Où est maintenant ce protecteur ou cet ennemi? Est-il resté dans Londres? Nous a-t-il suivis ici? Se peut-il que ce soit lui... oui, que ce soit l'inconnu que j'ai vu sur le pic?

Il est vrai que je n'ai fait que l'entrevoir; pourtant je suis prêt à jurer, par exemple, qu'il n'est pas un habitant des environs; je les connais. Il était beaucoup plus grand que Stapleton, beaucoup plus mince que Frankland. Il ressemblait plutôt à Barrymore, que nous avions laissé derrière nous, et dont je suis certain qu'il n'a pu nous suivre. Un inconnu donc nous surveille ici, de même qu'un inconnu nous a suivis dans Londres. Nous ne l'avons jamais semé. Si je pouvais lui mettre la main au collet, nous serions peut-être au bout de nos difficultés. C'est à ce but que je dois maintenant consacrer toutes mes énergies.

Mon premier mouvement fut de m'en ouvrir à Sir Henry. Le deuxième, et le plus sage, fut de jouer mon jeu sans avertir quiconque. Le baronnet est taciturne, distrait. Ses nerfs ont été sérieusement secoués par ce cri sur la lande. Je ne dirai rien qui puisse ajouter à son malaise, mais je prendrai les mesures compatibles avec mes projets.

Un petit incident se produisit ce matin après le déjeuner. Barrymore sollicita un entretien avec

Sir Henry, et ils s'enfermèrent quelques instants dans le bureau. Assis dans la salle de billard j'entendis par intermittence les voix monter de ton, et je pus deviner le sujet de la discussion. Finalement le baronnet ouvrit sa porte et m'appela.

« Barrymore considère qu'il a un reproche à nous adresser, me dit-il. Il pense que ç'a été déloyal de notre part de pourchasser son beau-frère alors que, de son plein gré, il nous avait mis dans le secret. »

Le maître d'hôtel, très pâle mais maître de lui, se tenait devant nous.

« J'ai peut-être, monsieur, parlé avec trop de chaleur, dit-il. Dans ce cas je vous prie de bien vouloir m'excuser. J'ai été fort surpris de vous entendre rentrer ce matin et d'apprendre que vous aviez donné la chasse à Selden. Le pauvre type a suffisamment d'ennemis sans que je lui en mette d'autres sur son chemin.

— Si vous nous l'aviez dit de votre plein gré, ç'aurait été différent, répliqua le baronnet. Vous nous avez parlé, ou plutôt votre femme nous a parlé, parce que vous y avez été contraints et que vous n'aviez plus la possibilité de vous taire.

— Je ne croyais pas que vous tireriez avantage de cette situation, Sir Henry... Non vraiment, je ne le pensais pas!

— Selden est un danger public. Il y a des maisons isolées sur la lande, et il ferait n'importe quoi. Il suffit de voir sa tête pour en être sûr. Pensez à la maison de M. Stapleton : elle n'a que lui pour la défendre. Avant qu'il soit remis sous les verrous, personne ne sera en sécurité.

— Il ne cambriolera plus, monsieur. Je vous en donne ma parole solennelle. Et il ne s'attaquera à personne dans la région. Je vous assure, Sir Henry, que dans quelques jours les arrangements nécessaires seront terminés pour qu'il s'embarque vers l'Amérique du Sud. Pour l'amour de Dieu, monsieur, je vous supplie de ne pas avertir la police qu'il est toujours sur la lande! Ils ont abandonné la poursuite, il peut se cacher jusqu'à ce qu'un bateau puisse le prendre. Vous ne pourriez pas le dénoncer sans me causer de graves ennuis à moi et à ma femme. Je vous demande instamment, monsieur, de ne pas informer la police.

— Quel est votre avis, Watson? »

Je haussai les épaules en répondant :

« S'il quitte vraiment le pays, ce sera un soulagement pour le contribuable anglais!

— Mais avant son départ ne commettra-t-il pas un crime?

— Il ne ferait rien d'aussi fou, monsieur. Nous lui avons fourni tout ce dont il avait besoin. Commettre un crime serait dévoiler sa cachette.

— C'est vrai! fit Sir Henry. Eh bien, Barrymore...

— Dieu vous bénisse, monsieur, et merci du fond de mon cœur! S'il avait été repris, ma pauvre femme en serait morte!

— Je crois, Watson, que nous sommes en train d'aider et de protéger le péché? Mais, après avoir entendu Barrymore, je ne me sens pas capable de livrer cet homme. Très bien, Barrymore, vous pouvez vous retirer. »

Le maître d'hôtel bafouilla encore quelques mots de gratitude; il allait sortir, puis il revint vers nous.

« Vous avez été si bon pour nous, monsieur, que j'aimerais vous payer de retour. Je sais quelque chose, Sir Henry; peut-être aurais-je dû le dire plus tôt, mais je ne l'ai découvert que longtemps après l'enquête. Je n'en ai soufflé mot à âme qui vive. C'est à propos de la mort de ce pauvre Sir Charles. »

Le baronnet et moi bondîmes d'un même élan.

« Vous savez comment il est mort?

— Non, monsieur, cela je ne le sais pas.

— Que savez-vous alors?

— Je sais pourquoi il était à cette heure-là devant la porte à claire-voie. C'était pour rencontrer une femme.

— Une femme! Lui?

— Oui, monsieur.

— Le nom de cette femme?

— Je ne peux pas vous le dire, monsieur; je ne connais que ses initiales. Ses initiales étaient « L. L. ».

— Comment savez-vous cela, Barrymore?

— Voilà, Sir Henry : votre oncle avait reçu ce matin-là une lettre. D'habitude il recevait le courrier important d'un homme public dont le bon cœur était célèbre : tous ceux qui avaient des ennuis se tournaient vers lui. Mais ce matin-là, par hasard, il ne reçut qu'une lettre : voilà pourquoi je la remarquai plus particulièrement. Elle avait été postée à Coombe Tracy, et l'écriture sur l'enveloppe était celle d'une femme.

— Ensuite?

— Ensuite, monsieur, je n'y ai plus pensé, et je l'aurais complètement oubliée sans ma femme. Il n'y a que quelques semaines, elle était en train de nettoyer le bureau de Sir Charles (qui ne l'avait jamais été depuis sa mort) quand elle découvrit les cendres d'une lettre brûlée derrière la grille. La plus grande partie de cette lettre était en poussière, mais un petit bout, la fin d'une page, se tenait d'un bloc; bien que ce fût du gris sur fond noir, l'écriture était lisible. Nous eûmes l'impression que c'était un post-scriptum à la fin d'une lettre, et il était écrit : « Je vous en prie, si vous êtes un gentleman, brûlez cette lettre et soyez à dix heures devant la porte. » En dessous figuraient les initiales « L. L. ».

— Vous avez ce bout de papier?

— Non, monsieur; dès que nous l'avons déplacé, il est retombé en poussière.

— Sir Charles avait-il reçu d'autres lettres de cette écriture?

— Ma foi, monsieur, je ne faisais pas spécialement attention à ses lettres. Je n'aurais pas remarqué celle-là si elle avait été accompagnée d'autres lettres.

— Et vous n'avez aucune idée sur l'identité de « L. L. ».?

— Non, monsieur. Pas plus que vous. Mais je pense que si nous pouvions rattraper cette dame, nous en saurions davantage sur la mort de Sir Charles.

— Je ne peux pas comprendre, Barrymore,

comment vous avez dissimulé cette information importante.

— Eh bien, monsieur, c'est qu'elle nous est arrivée immédiatement après nos propres ennuis. D'autre part, monsieur, nous étions tous deux très attachés à Sir Charles, comme c'était naturel après ce qu'il avait fait pour nous. Agiter cette histoire ne pouvait plus aider notre malheureux maître, et il est bon d'agir prudemment quand une dame est en cause. Même le meilleur d'entre nous...

— Vous pensiez que cela pouvait ternir sa réputation ?

— Je ne pensais pas que du bon pouvait en sortir. Mais vous avez été si généreux envers nous que je me sentirais déloyal si je ne vous disais pas tout ce que je sais sur l'affaire.

— Très bien, Barrymore. Laissez-nous maintenant. »

Sir Henry se tourna vers moi.

« Que pensez-vous, Watson, de cette nouvelle lueur ?

— Elle me paraît obscurcir davantage notre nuit noire.

— C'est mon avis. Mais si nous pouvions retrouver L. L., tout serait éclairci. Nous avons au moins gagné cela. Nous savons qu'il existe une femme qui connaît les faits. Il s'agit de la retrouver. Comment ?

— Mettons d'abord Holmes au courant sans tarder. Nous lui donnerons ainsi l'indice qui lui manquait. Ou je me trompe beaucoup ou cette nouvelle va le conduire ici. »

Je montai immédiatement dans ma chambre et rédigeai mon rapport sur cette conversation. Il était évident que Holmes était diablement occupé ces temps-ci, car je ne recevais de Baker Street que des lettres brèves et rares qui ne daignaient pas commenter les informations que je lui envoyais et ne faisaient pratiquement aucune allusion à ma mission. Sans doute son affaire de chantage absorbait-elle toutes ses facultés. Tout de même ce nouvel élément ne pouvait manquer de retenir son attention et de renouveler son intérêt. J'aimerais bien qu'il fût là!

17 octobre. — Aujourd'hui la pluie n'a pas cessé de tomber, de gicler sur le lierre, de s'égoutter des ifs. Je pensais à ce forçat réfugié sur la lande lugubre, froide, hostile. Pauvre diable! Quels qu'aient été ses crimes, il souffre pour les racheter. Et puis j'ai pensé à cet autre : la tête barbue dans le fiacre, la silhouette contre la lune. Était-il aussi sous le déluge, ce guetteur quasi invisible, cet homme de la nuit? Le soir je mis mon imperméable et je m'aventurai loin sur la lande détrempée. Quantité de pensées sombres m'assaillirent. La pluie me fouettait le visage, le vent sifflait à mes oreilles. Que Dieu aide ceux qui errent dans le grand bourbier à présent, car même le sol ferme devient un bourbier! Je retrouvai le pic noir sur lequel j'avais vu le guetteur solitaire, je l'escaladai et de son sommet tourmenté je contemplai la mélancolie du paysage. Les averses battaient obliquement les flancs roux des dunes; des nuages lourds, bas, ardoisés, étiraient leurs écharpes mornes autour des versants des collines. Dans un creux sur la gauche, à demi cachées par la brume, les deux tours jumelles de Baskerville Hall se hissaient par-dessus les arbres. C'étaient les seuls signes de présence humaine que je pouvais distinguer en dehors de ces cabanes préhistoriques accrochées en rangs serrés aux montagnettes. Nulle part je ne trouvai trace du solitaire que j'avais vu là deux nuits plus tôt.

En rentrant je fus rattrapé par le docteur Mortimer dont la charrette anglaise revenait de la ferme de Foulmire. Il nous avait constamment témoigné beaucoup d'égards : il laissait à peine s'écouler un jour sans se rendre au manoir pour prendre de nos nouvelles. Il insista pour me faire monter à côté de lui et m'avancer sur la route du retour. Je le trouvai tout éploré par la disparition de son petit épagneul, qui s'était aventuré dans la lande et n'était jamais revenu. J'essayai de le consoler de mon mieux, mais je pensais au poney du bourbier de Grimpen, et je n'espérais guère qu'il revît un jour son petit chien.

« A propos, Mortimer, lui dis-je, je suppose que vous connaissez tout le monde par ici ?

— Oui, je crois.

— Pouvez-vous alors me donner le nom d'une femme dont les initiales sont L. L. ? »

Il réfléchit quelques instants.

« Non, me répondit-il enfin. Il y a quelques bohémiens et des ouvriers agricoles dont je ne sais à peu près rien, mais parmi les fermiers ou les bourgeois je ne vois personne qui possède ces initiales. Attendez un peu, toutefois !... Il y a, oui,

Laura Lyons... Ses initiales sont bien L. L. Mais elle habite Coombe Tracy.

— Qui est-ce ?

— La fille de Frankland.

— Comment ? Du vieux Frankland le maboul ?

— Oui, elle a épousé un artiste du nom de Lyons qui était venu peindre sur la lande. Il se révéla un triste sire et il l'abandonna. La faute, à ce que l'on m'a dit, ne lui incombe peut-être pas exclusivement. Son père refusa de s'occuper d'elle, parce qu'elle s'était mariée sans son consentement et peut-être pour quelques raisons supplémentaires. Ainsi, entre deux pécheurs, le vieux et le jeune, la fille n'a guère été heureuse.

— Comment vit-elle ?

— Je crois que le vieux Frankland lui verse une rente; mais peu élevée, car ses propres affaires vont assez mal. Quoi qu'elle eût mérité, on ne pouvait pas la laisser aller vers des solutions de désespoir. Son histoire s'est répandue, et plusieurs personnes des environs ont fait quelque chose pour l'aider à gagner honnêtement sa vie. Stapleton s'en est mêlé. Sir Charles aussi. Moi également. Assez pour en faire une dactylo. »

Il voulait connaître le motif de ma curiosité, mais je m'ingéniai pour satisfaire la sienne sans trop lui en dire. Demain matin j'irai à Coombe Tracy; et, si je peux voir Mme Laura Lyons, de réputation douteuse, un grand pas sera fait pour l'élucidation de l'une de nos énigmes. Je suis certainement en train d'acquérir la prudence du serpent, car lorsque Mortimer me pressa un peu trop je lui demandai à quelle catégorie appartenait le crâne de Frankland, et la craniologie occupa la fin de notre promenade en voiture. Ce n'est pas pour rien que j'ai vécu cinq années avec Sherlock Holmes.

J'ai encore un autre incident à rapporter pour en terminer avec ce jour de tempête et de cafard. Il a trait à une conversation que je viens d'avoir avec Barrymore, et qui m'a procuré un atout que je jouerai à mon heure.

Mortimer était resté à dîner; après le repas il fit un écarté avec le baronnet. Le maître d'hôtel me servit le café dans la bibliothèque et je saisis l'opportunité de l'interroger.

« Eh bien, lui dis-je en exorde, votre célèbre parent est-il parti, ou se trouve-t-il encore tapi dans un coin de la lande?

— Je ne sais pas, monsieur. Je prie le Ciel qu'il soit parti car il ne nous a apporté que des ennuis. Je n'ai pas eu de ses nouvelles depuis la dernière fois où je lui ai déposé des vivres, ce qui remonte à trois jours.

— L'avez-vous vu cette nuit-là?

— Non, monsieur. Mais quand je suis revenu le lendemain, les vivres avaient disparu.

— Donc il était encore là?

— Sans doute, monsieur, à moins que ce ne soit l'autre qui les ait pris. »

Ma tasse de café s'arrêta à mi-chemin de mes lèvres. Je dévisageai Barrymore.

« Vous savez qu'il y a un autre homme?

— Oui, monsieur. Il y a un autre homme sur la lande.

— L'avez-vous vu?

— Non, monsieur.

— Alors comment connaissez-vous sa présence?

— Selden m'a parlé de lui, monsieur, il y a une semaine environ. Cet homme se cache lui aussi, mais d'après ce que j'ai compris ce n'est pas un forçat. Je n'aime pas cela, docteur Watson... Oui, je vous le dis tout net : je n'aime pas cela! »

Il parlait avec une passion soudaine.

« Allons, écoutez-moi, Barrymore! Dans cette affaire je n'ai en vue que les intérêts de votre maître. Si je suis venu ici, c'est uniquement pour l'aider. Dites-moi en toute franchise ce que vous n'aimez pas. »

Barrymore hésita un instant, comme s'il regrettait de s'être laissé aller, ou comme s'il trouvait difficile de traduire par des mots son sentiment profond.

« Tous ces manèges! s'écria-t-il enfin en brandissant sa main vers la fenêtre tout éclaboussée de pluie. Il y a quelque part un jeu déloyal qui se joue, et beaucoup de scélératesse dans l'air, j'en jurerais! Croyez-moi, monsieur : je serais bien content de voir Sir Henry repartir pour Londres!

— Mais qu'est-ce qui vous inquiète?

— Songez à la mort de Sir Charles! Pas très naturelle, en dépit des conclusions de l'enquête. Songez aux bruits qu'on entend sur la lande à la nuit! Je ne connais pas un homme qui la traverserait, une fois le soleil couché, même s'il était payé pour le faire. Songez à cet étranger qui se cache là-bas, qui guette et qui guette! Que guette-t-il? Que signifie tout cet ensemble? Certainement pas grand-chose de bon pour n'importe quel Baskerville. Voilà pourquoi je serai rudement content le jour où les nouveaux serviteurs de Sir Henry s'installeront au manoir!

— Mais à propos de cet étranger, repris-je, ne pouvez-vous rien me préciser? Qu'a dit Selden? A-t-il découvert l'endroit où il se cache et ce qu'il manigance?

— Il l'a vu une ou deux fois; mais il n'est pas bavard, vous savez. D'abord il a cru que c'était un policier, mais il s'est bientôt rendu compte qu'il opérait pour son compte. Il lui a fait l'impression d'une sorte de bourgeois, mais il n'a pas pu deviner ce qu'il faisait.

— Et où vous a-t-il dit qu'il vivait?

— Parmi les vieilles maisons sur le flanc de la colline; les vieilles cabanes de pierre autrefois habitées.

— Mais comment se nourrit-il?

— Selden a découvert qu'un jeune garçon est à son service et lui apporte tout ce dont il a besoin. Je crois qu'il se rend à Coombe Tracy pour ses achats.

— Très bien, Barrymore. Nous reparlerons de tout cela une autre fois. »

Quand le maître d'hôtel m'eut quitté, je me levai et me dirigeai vers la fenêtre noire; à travers la vitre brouillée je contemplai les nuages qui déferlaient, la silhouette oscillante des arbres secoués par le vent. Vue de l'intérieur d'une maison, la nuit était sinistre : que devait-elle être sur la lande! Quelle dose de haine ne fallait-il pas pour amener un homme à se tapir dans un lieu pareil! Et quels pouvaient être les desseins ténébreux qui l'exposaient à de si dures épreuves! Oui, c'est là, dans cette cabane sur la lande, que devait se situer le centre du problème. Je jurai qu'un autre jour ne s'écoulerait pas sans que j'eusse fait l'impossible pour résoudre sur place le mystère qui m'intriguait.

CHAPITRE XI

L'HOMME SUR LE PIC

L'extrait de mon agenda personnel qui compose le chapitre précédent à mené mon récit jusqu'au 18 octobre, date à laquelle les événements commencèrent à se précipiter vers leur terrible conclusion. Les épisodes des jours suivants sont à jamais gravés dans ma mémoire, et je peux les raconter sans faire appel aux notes que je pris à l'époque. Je pars donc du lendemain du jour où j'avais recueilli deux éléments d'importance : le premier étant que Mme Laura Lyons de Coombe Tracy avait écrit à Sir Charles Baskerville et lui avait donné rendez-vous à l'heure et au lieu mêmes où il avait trouvé la mort; le deuxième étant que l'inconnu du pic se cachait parmi les cabanes de pierre de la colline. Ces deux faits étant en ma possession, je sentais que mon intelligence ou mon courage seraient bien déficients si je ne parvenais pas à dissiper quelques-unes des ombres qui m'entouraient.

Je n'eus pas la possibilité de répéter au baronnet ce que j'avais appris sur Mme Lyons la veille au soir, car le docteur Mortimer prolongea sa partie de cartes jusqu'à une heure avancée. Au petit déjeuner toutefois je l'informai de ma découverte et lui demandai s'il désirait m'accompagner jusqu'à Coombe Tracy. Il me répondit d'abord par l'affirmative, puis il réfléchit que si j'y allais seul, les résultats seraient peut-être meilleurs. Plus notre visite revêtirait un caractère officiel, moins nous obtiendrions sans doute de renseignements. Je quittai donc Sir Henry, non sans remords de conscience, et me mis en route pour ma nouvelle enquête.

Quand j'arrivai à Coombe Tracy, je dis à Perkins de mettre les chevaux à l'écurie, et je m'inquiétai de savoir où logeait Mme Laura Lyons ; sa maison était centrale et bien située. Une domestique m'introduisit sans cérémonie, et quand j'entrai dans le petit salon, une dame qui était assise devant une machine à écrire se leva d'un bond avec un agréable sourire de bienvenue. Le sourire s'évanouit pourtant quand elle vit un inconnu ; elle se rassit et me pria de lui expliquer l'objet de ma visite.

La première impression provoquée par Mme Lyons était celle d'une grande beauté. Ses yeux et ses cheveux étaient de la même couleur châtaine ; ses joues, bien que marquetées de taches de rousseur, avaient un exquis éclat de brune... Oui, d'abord, on l'admirait. Mais un examen plus approfondi laissait place à la critique : il y avait sur son visage quelque chose qui ne cadrait pas avec sa beauté parfaite ; une sorte de vulgarité dans l'expression, une certaine dureté du regard, un relâchement de la bouche... Mais ces détails bien sûr ne s'imposaient pas tout de suite à l'esprit. Sur le moment je fus simplement conscient qu'une très jolie femme m'interrogeait sur le motif de ma visite. Et jusque-là, je n'avais pas tout à fait apprécié la difficulté de ma mission.

« J'ai le plaisir, dis-je, de connaître votre père. »

C'était un exorde assez maladroit, et elle me le fit sentir.

« Tout est rompu entre mon père et moi, dit-elle. Je ne lui dois rien, et ses amis ne sont pas les miens. Si je n'avais pas rencontré des cœurs généreux comme feu Sir Charles Baskerville par exemple, j'aurais pu mourir de faim sans que mon père s'en fût soucié.

— C'est à propos de feu Sir Charles Baskerville que je suis venu vous voir. »

Les taches de rousseur ressortirent sur ses joues.

« Que puis-je vous dire le concernant? me demanda-t-elle en tapotant nerveusement les touches de sa machine à écrire.

— Vous le connaissiez, n'est-ce pas?

— Je vous ai déjà dit que je dois beaucoup à son bon cœur. Si je suis à même de me débrouiller seule, c'est surtout grâce à l'intérêt qu'il porta à mon malheur.

— Correspondiez-vous avec lui? »

Elle me jeta un regard méchant.

« Pourquoi toutes ces questions? interrogea-t-elle d'un ton âpre.

— Pour éviter un scandale public. Il vaut mieux que je vous les pose ici, plutôt que de voir l'affaire se développer hors de notre contrôle. »

Elle se tut. Elle était très pâle. Finalement elle

releva la tête dans un geste de témérité et de défi.

« Bien. Je répondrai. Quelles sont vos questions ?

— Correspondiez-vous avec Sir Charles ?

— Je lui ai écrit une fois ou deux pour le remercier de sa délicatesse et de sa générosité.

— Vous rappelez-vous les dates de ces lettres ?

— Non.

— L'avez-vous rencontré ?

— Oui. Une fois ou deux, quand il venait à Coombe Tracy. C'était un homme très discret ; il préférait faire le bien en cachette.

— Mais si vous l'avez vu et lui avez écrit si rarement, comment en savait-il assez sur vos affaires pour vous aider ? »

Elle franchit l'obstacle avec une décision rapide.

« Ils étaient plusieurs à connaître ma triste histoire et à m'aider. L'un était M. Stapleton, voisin et ami intime de Sir Charles. Il a très bon cœur. C'est par son intermédiaire que Sir Charles a été mis au courant. »

Je savais déjà que Sir Charles Baskerville s'était servi à plusieurs reprises de Stapleton comme trésorier ; la déclaration de la jolie dame pouvait donc être exacte.

« Avez-vous jamais écrit à Sir Charles une lettre lui demandant un rendez-vous ? »

Mme Lyons rougit de colère.

« En vérité, monsieur, cette question est plutôt extraordinaire !

— Je regrette, madame ; mais je dois vous la poser.

— Alors je réponds : non. Certainement non !

— Même pas le jour précisément où mourut Sir Charles ? »

Le rouge disparut de ses joues, qu'envahit une pâleur mortelle. Ses lèvres sèches ne purent articuler le « Non » que je lus plus que je ne l'entendis.

« Sûrement votre mémoire a une défaillance, repris-je. Je pourrais citer un passage de votre lettre : " Je vous en prie, si vous êtes un gentleman, brûlez cette lettre et soyez à dix heures devant la porte. " »

Je crus qu'elle s'était évanouie, mais au prix d'un effort immense elle se redressa.

« Sir Charles n'était-il donc pas un gentleman? haleta-t-elle.

— Vous êtes injuste à l'égard de Sir Charles. Il a bel et bien brûlé cette lettre. Mais il arrive qu'une lettre demeure lisible même après avoir été brûlée. Vous reconnaissez maintenant que vous l'avez écrite?

— Oui, je l'ai écrite! s'écria-t-elle en soulageant son âme dans un torrent de paroles. Je l'ai écrite, parfaitement! Pourquoi le nierais-je? Je n'ai pas à en rougir. Je voulais qu'il m'aide. Je croyais que si j'avais un rendez-vous avec lui je pourrais obtenir l'aide dont j'avais besoin.

— Mais pourquoi un rendez-vous à une heure pareille?

— Parce que je venais d'apprendre qu'il partait pour Londres le lendemain et qu'il serait peut-être absent plusieurs mois. Voilà pourquoi je ne pouvais pas me rendre plus tôt au manoir.

— Mais pourquoi un rendez-vous dans le jardin et pas dans la maison ?

— Croyez-vous qu'une femme puisse se rendre seule à cette heure tardive dans la maison d'un célibataire ?

— Eh bien, que s'est-il passé quand vous êtes arrivée près de la porte ?

— Je n'y suis pas allée.

— Madame Lyons !

— Non ! Je vous le jure sur tout ce qu'il y a de plus sacré. Je n'y suis pas allée. Quelque chose m'a empêchée d'y aller.

— Quoi donc ?

— C'est une affaire privée. Je ne peux pas vous en dire plus.

— Vous reconnaissez donc que vous aviez un rendez-vous avec Sir Charles à l'heure et à l'endroit où il est mort, mais vous niez être allée à ce rendez-vous ?

— C'est la vérité. »

A nouveau je l'interrogeai et multipliai les questions, mais elle s'en tint à ce qu'elle m'avait juré.

« Madame Lyons, lui dis-je en me levant, vous prenez une lourde responsabilité et vous vous mettez dans une situation très fausse en ne disant pas clairement tout ce que vous savez. Si je dois recourir à l'assistance de la police, vous mesurerez l'étendue de votre erreur. Si vous êtes innocente, pourquoi avez-vous commencé par me déclarer que vous n'aviez pas écrit à Sir Charles ce jour-là ?

— Parce que je craignais qu'on n'en tirât une

conclusion erronée et que je ne fusse mêlée à un scandale.

— Et pourquoi insistiez-vous tant pour que Sir Charles brûlât votre lettre ?

— Si vous aviez lu la lettre, vous ne me poseriez pas cette question.

— Je n'ai pas dit que j'avais lu toute la lettre.

— Vous m'en avez cité un passage.

— J'ai cité le post-scriptum. Comme je vous l'ai dit, la lettre avait été brûlée et tout n'était pas lisible. Je vous redemande encore une fois pour quelle raison vous insistiez pour que Sir Charles brûlât cette lettre qu'il reçut le jour de sa mort ?

— Il s'agissait d'une affaire très personnelle.

— Alors comprenez que vous devriez songer à éviter une enquête publique !

— Bien. Je vous le dirai. Vous avez appris mon malheureux mariage ; vous savez donc que j'ai de multiples raisons de le regretter.

— Oui.

— Ma vie n'a été qu'une incessante persécution de la part d'un mari que je déteste. Il a la loi pour lui ; jour après jour je me heurte à cette éventualité : il peut me forcer à vivre avec lui. Lorsque j'ai écrit à Sir Charles j'avais appris que je pourrais recouvrer mon indépendance si j'avais de l'argent pour supporter certains frais. Cela signifiait pour moi des tas de choses : tranquillité d'esprit, bonheur, dignité, tout. Je connaissais la générosité de Sir Charles, et j'ai pensé que s'il entendait mon histoire de ma propre bouche il m'aiderait.

— Alors comment se fait-il que vous ne soyez

pas allée au rendez-vous que vous aviez sollicité?

— Parce que, entre temps, j'avais reçu de l'aide d'une autre source.

— Pourquoi n'avez-vous pas récrit à Sir Charles pour vous excuser?

— Je l'aurais fait si je n'avais lu la nouvelle de sa mort dans le journal du lendemain. »

L'histoire de cette femme formait un tout cohérent; mes questions ne purent découvrir une faille. La seule vérification possible consistait à savoir si vraiment elle avait intenté une procédure de divorce contre son mari à l'époque du drame. Il était peu vraisemblable qu'elle eût menti en affirmant qu'elle n'était pas allée à Baskerville Hall : il lui aurait fallu une voiture pour s'y rendre, et elle n'aurait pas pu rentrer à Coombe Tracy avant minuit. Une telle promenade n'aurait pu demeurer ignorée. Il était donc probable qu'elle disait la vérité ou, du moins, une partie de la vérité. Je partis découragé et déconcerté. Une fois de plus je m'étais heurté à ce mur qui semblait boucher tous les chemins par lesquels j'essayais de parvenir à la lumière. Et pourtant plus je pensais à cette figure de femme, plus je sentais que tout ne m'avait pas été dit. Pourquoi avait-elle failli s'évanouir? Pourquoi s'était-elle refusée à toutes concessions jusqu'à ce qu'elles fussent arrachées les unes après les autres? Pourquoi s'était-elle si peu manifestée à l'époque de la tragédie? A coup sûr son comportement pouvait s'expliquer de façon moins innocente. Mais pour l'instant je ne pouvais rien découvrir de plus dans cette direction : force m'était donc de me tourner vers l'autre élément, qu'il me fallait dénicher autour des cabanes de pierre sur la lande.

Direction bien vague elle aussi! Je m'en rendis compte sur le chemin du retour : toutes les collines conservaient des vestiges d'anciennes demeures datant de la préhistoire. La seule indication de Barrymore avait été que l'inconnu vivait dans l'une de ces cabanes abandonnées; or, plusieurs centaines s'éparpillaient sur toute la lande. Mais heureusement une première expérience pouvait me guider, puisque j'avais vu l'homme lui-même au haut du pic noir. Ce sommet serait le centre de mes recherches. De là j'explorerais chaque cabane jusqu'à ce que j'aie trouvé la bonne. Si l'homme était dedans, j'apprendrais de sa propre bouche, au besoin sous la menace de mon revolver, qui il était et pourquoi il nous filait depuis si longtemps. Il avait pu nous échapper dans la foule de Regent Street, mais il lui serait plus difficile de s'éclipser sur la lande déserte. Enfin, si je trouvais la cabane habitée sans son locataire, je resterais dedans, le temps qu'il faudrait, jusqu'à son retour. Il avait fait la nique à Holmes dans Londres. Ce serait pour moi un véritable triomphe si je réussissais là où mon maître avait échoué.

Dans cette enquête la chance s'était constamment prononcée contre nous; elle vint enfin à mon aide sous les traits de M. Frankland, qui se tenait debout devant la grille de son jardin, toujours rougeaud, toujours décoré de favoris blanchis. Son jardin longeait en effet la route que Perkins avait prise.

« Bonjour, docteur Watson! s'exclama-t-il joyeusement. Il faut absolument que vous permettiez à vos chevaux de se reposer, et que vous rentriez pour prendre un verre de vin et me congratuler. »

Mes sentiments à son égard étaient plutôt mitigés après ce que j'avais appris de la manière dont il avait traité sa fille, mais je ne désirais qu'une chose : renvoyer Perkins et le break au manoir. L'occasion était trop bonne pour la laisser échapper. Je descendis et priai Perkins d'avertir Sir Henry que je rentrerai à pied pour le dîner. Puis je suivis Frankland dans sa salle à manger.

« C'est pour moi un grand jour, monsieur! s'écria-t-il avec un petit rire de gorge. L'un de ces jours qu'on marque d'un trait rouge sur son calendrier. J'ai remporté deux victoires. J'entends montrer aux gens d'ici que la loi est la loi, et que quelqu'un ne craint pas de l'invoquer. J'ai établi un droit de passage à travers le centre du parc du vieux Middleton, en plein dedans, à moins de cent mètres de sa propre porte. Que pensez-vous de cela ? Nous allons apprendre à ces magnats qu'ils n'ont pas le droit de piétiner les droits des bourgeois, le diable les emporte! Et j'ai fermé le bois où les gens de Fernworthy avaient l'habitude d'aller pique-niquer. Ces voyous semblent croire que les droits des propriétaires n'existent pas, et qu'ils peuvent se répandre n'importe où avec leurs journaux et leurs bouteilles. Les deux affaires ont été jugées, docteur Watson, tranchées toutes deux en ma faveur. Je n'ai jamais vécu un jour pareil depuis que j'ai fait mettre Sir John

Morland en contravention parce qu'il chassait dans sa propre garenne.

— Comment, au nom du Ciel, y êtes-vous parvenu ?

— Consultez les registres, monsieur. Cela vaut la peine de les lire. Frankland contre Morland. J'ai dépensé deux cents livres, mais je l'ai eu.

— En avez-vous tiré un avantage ?

— Aucun, monsieur, aucun ! Je suis fier de dire que je n'avais pas le moindre intérêt dans l'affaire. J'agis entièrement sous l'inspiration du droit public. Je suis sûr, par exemple, que les voyous de Fernworthy me brûleront en effigie ce soir. La dernière fois qu'ils le firent, je déclarai à la police qu'on devrait interdire ces exhibitions déplacées. La police du comté, monsieur, est déplorable : elle ne m'a pas accordé la protection à laquelle j'ai droit. L'affaire Frankland contre la Reine attirera l'attention du public. J'ai dit à la police qu'elle regretterait son manque d'égards, et déjà je tiens parole.

— Comment cela ? »

Le vieil homme prit un air fin.

« Parce que je pourrais dire aux policiers ce qu'ils meurent de savoir ; mais pour rien au monde je n'aiderai cette racaille. »

J'étais en train de chercher une excuse pour prendre congé, mais j'eus soudain envie d'entendre la suite de ce bavardage. Je connaissais trop la nature contrariante du vieux pécheur pour oublier qu'un signe d'intérêt trop marqué arrêterait ses confidences : aussi je m'efforçai à l'indifférence.

« Une affaire de braconnage? fis-je.

— Ah! ah! mon garçon, une affaire beaucoup plus importante! Tenez, le forçat sur la lande... »

Je sursautai.

« Vous ne prétendez pas connaître sa cachette?

— Je ne connais peut-être pas exactement sa cachette, mais je suis sûr que je pourrais aider la police à lui mettre le grappin dessus. N'avez-vous jamais pensé que le meilleur moyen de l'attraper consistait à découvrir où il se procurait des vivres, et à le pister à partir de là? »

Il paraissait se rapprocher très désagréablement de la vérité.

« Sans doute, répondis-je. Mais comment savez-vous qu'il est quelque part sur la lande?

— Je le sais parce que j'ai vu de mes propres yeux le messager qui lui apporte de la nourriture. »

J'eus pitié de Barrymore. C'était grave de tomber au pouvoir de ce vieux touche-à-tout! Mais la phrase suivante me soulagea.

« Vous serez bien étonné si je vous dis que c'est un enfant qui lui apporte ses provisions. Je le vois passer chaque jour, grâce à mon télescope sur le toit. Il suit le même sentier, à la même heure; et auprès de qui se rendrait-il, sinon du forçat? »

La chance me souriait! Mais je me gardai bien de manifester le moindre intérêt. Un enfant! Barrymore m'avait dit que notre inconnu était ravitaillé par un jeune garçon. C'était donc cette piste, et non celle du forçat, que surveillait Frankland. Si je pouvais être mis dans le secret du télescope, une chasse pénible et longue me serait épargnée. L'incrédulité et l'indifférence demeuraient mes atouts maîtres.

« Cet enfant doit plutôt être le fils d'un fermier des environs qui apporte à son père le repas de midi; vous ne croyez pas? »

La moindre contradiction faisait exploser le vieil autocrate. Il me jeta un regard venimeux et ses favoris se hérissèrent comme le poil d'un chat en colère.

« Vraiment, monsieur? me dit-il en me montrant la lande. Voyez-vous le pic noir là-bas? Bon. Voyez-vous la petite colline coiffée d'un roncier derrière le pic? C'est l'endroit le plus pierreux de la lande. Est-ce là qu'un berger ferait paître son troupeau? Votre supposition, monsieur, est idiote! »

Je me bornai à répondre que j'avais parlé sans connaître les faits. Cette apparente soumission plut au vieux bonhomme qui se laissa aller à d'autres confidences.

« Vous pouvez être sûr, monsieur, que mon opinion repose sur des bases solides. J'ai vu et revu l'enfant avec son paquet. Chaque jour, parfois à deux reprises dans la journée, j'ai été capable... Mais attendez donc, docteur Watson! Mes yeux me trompent-ils, ou bien quelque chose ne se déplace-t-il point sur le flanc de la colline? »

La distance était de plusieurs kilomètres, mais distinctement je pus voir un petit point noir contre le gris et le vert.

« Venez, monsieur! cria Frankland en se précipitant dans l'escalier. Vous verrez de vos propres yeux et vous jugerez par vous-même! »

Le télescope, formidable instrument monté sur un trépied, dressait sa lunette sur le toit plat de la maison. Frankland colla son œil contre le viseur et poussa un petit cri de plaisir.

« Vite, docteur Watson, vite! Avant qu'il soit de l'autre côté de la colline... »

C'était lui, sans aucun doute : un jeune garçon, avec un petit ballot sur l'épaule, gravissait lentement la colline. Quand il eut atteint la crête, sa silhouette se détacha sur le froid ciel bleu. Il regarda autour de lui, comme quelqu'un qui aurait eu peur d'être suivi. Puis il disparut de l'autre côté de la colline.

« Alors, ai-je raison?

— Il est certain que voilà un jeune garçon qui paraît effectuer une mission secrète.

— Et la nature de cette mission, même un policier du comté pourrait la deviner. Mais la police ne saura rien par moi, et je vous commande le secret à vous aussi, docteur Watson. Pas un mot à quiconque! Me comprenez-vous?

— Comme vous voudrez.

— La police m'a traité d'une façon honteuse! Honteuse... Quand les faits sortiront dans l'affaire Frankland contre la Reine, je vous prie de croire que le pays sera secoué par une violente indignation. Pour rien au monde je n'aiderais la police. Car elle ne souhaiterait qu'une chose, c'est que ce soit moi, et non mon effigie, qui sois brûlé en place publique par ces voyous. Comment! Vous partez? Allons, vous allez m'aider à vider la bouteille pour fêter ce grand événement! »

Mais je résistai à son invitation, et le dissuadai de me raccompagner. Je pris la route et m'y maintins tant qu'il pouvait me suivre du regard; puis je coupai par la lande et me hâtai vers la colline pierreuse où l'enfant avait disparu. Tout m'était à présent favorable, je me sentais le vent en poupe, et je jurai que ce ne serait ni par manque de persévérance ni d'énergie que je gâcherais la chance que m'offrait la fortune.

Quand j'atteignis le sommet de la colline, le soleil était déjà bas; les longues pentes au-dessous de moi se montraient d'un côté d'un vert doré et toutes grises de l'autre. Une brume longeait l'horizon d'où surgissaient les contours fantastiques de Belliver et de Vixen Tor. Toute la vaste étendue était muette et immobile. Un grand oiseau, une mouette ou un courlis, planait très haut dans le ciel bleu. Lui et moi semblions être les deux uniques êtres vivants entre la voûte céleste et le désert de la terre. Le décor dénudé, le sentiment de solitude, le mystère et l'urgence de ma mission, tout cela se conjugua pour me faire frissonner. Le jeune garçon était invisible. Mais au-dessous de moi dans un creux entre les collines se dessinait un cercle de vieilles cabanes de pierre; au centre j'en vis une qui était pourvue d'une sorte de toit qui pouvait protéger quelqu'un contre les intempéries. Mon cœur battit plus fort. Là devait s'abriter l'inconnu. Enfin, son secret était à portée de ma main!

Quand j'approchai de la cabane, d'un pas aussi

circonspect que celui de Stapleton quand il s'apprêtait à abattre son filet sur un papillon, je me rendis compte que l'endroit avait été incontestablement habité. Un vague chemin parmi les rocs conduisait à une ouverture surbaissée qui servait de porte. Tout à l'intérieur était silencieux. Peut-être l'inconnu dormait-il; peut-être faisait-il une ronde sur la lande. Mes nerfs se tendirent sous l'excitation de l'aventure. Je jetai ma cigarette, je refermai une main sur la crosse de mon revolver, je marchai doucement jusqu'à la porte. Je jetai un coup d'œil. Personne.

Mais j'étais sur la bonne piste. L'inconnu vivait assurément ici. Quelques couvertures roulées dans un imperméable étaient posées sur la même dalle de pierre où avait jadis sommeillé l'homme néolithique. Dans une grille grossière des cendres étaient entassées; à côté du foyer il y avait quelques ustensiles de cuisine et un tonnelet à demi plein d'eau. Des boîtes de conserves vides révélaient que l'endroit était habité depuis quelque temps; d'ailleurs, lorsque mes yeux se furent accoutumés à la pénombre, je vis un gobelet et une bouteille d'alcool à demi vidée qui étaient rangés dans un coin. Au milieu de la cabane une pierre plate servait de table; sur cette pierre était posé un petit paquet de toile : celui, sans doute, que j'avais vu par le télescope juché sur l'épaule du jeune garçon. Il contenait une miche de pain, une boîte de langue fumée, et deux boîtes de pêches au sirop. Au moment où je le reposais après en avoir examiné le contenu, mon cœur tressauta dans ma poitrine : je n'avais pas vu un morceau de papier disposé au-dessous; il portait quelque chose d'écrit. Je le levai à la lumière et lus, griffonné au crayon :

« Le docteur Watson est allé à Coombe Tracy. »

Pendant une minute je demeurai là avec le papier à la main, cherchant à deviner le sens de ce bref message. C'était donc moi, et non Sir Henry, qui étais pisté par cet inconnu? Il ne m'avait pas suivi lui-même, mais il m'avait fait suivre par l'un de ses acolytes dont j'avais le rapport sous les yeux. Peut-être n'avais-je pas fait un seul pas sur la lande qui n'eût été observé et rapporté. Je me trouvais toujours en face de cette force mystérieuse, de ce réseau tendu autour de nous avec autant d'habileté que d'efficacité et qui nous retenait si délicatement que l'on se rendait à peine compte qu'on était dessous.

S'il y avait un rapport, d'autres avaient sûrement précédé celui-là. Je fis le tour de la cabane pour en retrouver trace. Mais en vain. J'échouai également à découvrir quelque chose qui pût me préciser les desseins ou l'origine de l'habitant de cet endroit singulier. Il devait avoir des goûts de Spartiate et se soucier bien peu des agréments de l'existence! Quand je réfléchis aux lourdes pluies et quand je regardai vers le toit béant, je compris à quel point devait être puissant, invincible le mobile qui l'obligeait à vivre dans une demeure aussi inhospitalière. Était-il notre ennemi, ou notre ange gardien? Je me promis de ne pas quitter la cabane avant d'avoir levé mes doutes.

Dehors le soleil s'inclinait vers l'horizon; l'ouest s'embrasait de pourpre et d'or qui se réfléchissaient dans les mares du grand bourbier de Grimpen. Je voyais les deux tours de Baskerville Hall et le lointain brouillard de fumée qui m'indiquait l'emplacement du village de Grimpen. Entre les deux, derrière la colline, vivaient les Stapleton. Tout respirait la douceur et la tranquillité. Cependant j'étais loin de partager la paix de la nature : je frémissais en pensant au genre d'entretien que j'allais avoir; chaque minute en rapprochait l'échéance. Terriblement énervé, mais décidé à tenir jusqu'au bout, je m'assis dans le coin le plus sombre de la cabane et j'attendis avec une patience morose l'arrivée de son locataire.

Je l'entendis enfin. Au loin retentit le bruit sec d'une chaussure heurtant une pierre. Puis une autre pierre crissa, et encore une autre; le pas se rapprochait. Je me recroquevillai dans mon angle, j'armai mon revolver, et je résolus de ne pas me découvrir avant d'avoir vu l'inconnu. Je n'entendis plus rien. Il s'était arrêté. Puis les pas résonnèrent à nouveau, devinrent de plus en plus nets; une ombre tomba en travers de l'ouverture de la cabane.

« C'est une magnifique soirée, mon cher Watson! dit une voix familière. Je crois vraiment que vous serez plus à l'aise dehors que dedans. »

CHAPITRE XII

LA MORT SUR LA LANDE

Pendant quelques secondes je demeurai sans voix, privé de souffle, incapable d'en croire mes oreilles. Puis je récupérai mes sens et la parole, tandis qu'un énorme poids de responsabilité se déchargeait de mon âme. Cette voix froide, incisive, ironique, ne pouvait appartenir qu'à un seul homme au monde.

« Holmes! m'écriai-je. Holmes!

— Sortez donc, me dit-il. Et, s'il vous plaît, faites attention à votre revolver! »

Je me faufilai sous le linteau vétuste; il était assis dehors sur une pierre, et ses yeux gris dansaient de plaisir amusé devant mon ahurissement. Il avait maigri, il était las; cependant il avait gardé l'œil clair et le geste alerte; son visage aigu était bronzé par le soleil, sa peau avait souffert du vent. Avec son costume de tweed et sa casquette de drap, il ressemblait à un touriste, et il s'était débrouillé, en vertu de cette propreté féline qui était l'une de ses caractéristiques, pour avoir le menton aussi bien rasé et du linge aussi net que s'il se trouvait à Baker Street.

« Jamais une rencontre ne m'a rendu plus

heureux! balbutiai-je en lui serrant la main.

— Ni plus surpris, eh?

— Je l'avoue!

— La surprise n'est pas que de votre côté, je vous assure! Je ne me doutais nullement que vous aviez découvert mon refuge d'occasion, encore moins que vous vous trouviez à l'intérieur, avant d'être arrivé à vingt pas d'ici.

— L'empreinte de mes souliers, j'imagine?

— Non, Watson. Figurez-vous que je ne me crois pas capable de reconnaître vos empreintes entre toutes les empreintes au monde. Mais si vous désirez vraiment me faire illusion, changez alors de marque de cigarettes; car quand je vois un mégot avec l'inscription Bradley, Oxford Street, je sais que mon ami Watson est dans les environs. Vous pouvez examiner votre mégot : vous l'avez jeté à côté du sentier. Vous vous en êtes débarrassé, sans doute, au moment suprême de vous lancer à l'assaut contre la cabane vide?

— Exactement.

— C'est ce que je me suis dit. Et, connaissant votre admirable ténacité, j'ai deviné que vous étiez assis en embuscade, une arme dans chaque main, attendant le retour du locataire. Vous me preniez donc pour le criminel?

— Je ne savais pas qui vous étiez, mais j'étais résolu à vous identifier coûte que coûte.

— Bravo, Watson! Et comment m'avez-vous localisé? Peut-être m'avez-vous aperçu, le soir de la chasse au convict, quand j'ai été assez imprudent pour permettre à la lune de se lever derrière moi?

— Oui, je vous ai aperçu.

— Et vous avez depuis fouillé toutes les cabanes avant de parvenir à celle-ci?

— Non. Votre jeune garçon a été repéré, c'est ce qui m'a permis de déterminer votre secteur.

— Le vieux gentleman au télescope, je parie? Je n'y comprenais rien quand j'ai vu la première fois la lumière se réfléchir sur les verres... »

Il se leva et alla scruter l'intérieur de la cabane.

« Ah! je vois que Cartwright m'a apporté quelques provisions! Que me dit-il? Tiens, vous êtes allé à Coombe Tracy, n'est-ce pas?

— Oui.

— Pour voir Mme Laura Lyons?

— Exactement.

— Très bien! Nos recherches ont évidemment suivi des directions parallèles; quand nous aurons collationné nos résultats, nous aurons sûrement une vue claire de l'affaire.

— Ah! Holmes, je suis heureux du fond de mon cœur que vous soyez ici! Car vraiment ma responsabilité et le mystère devenaient trop lourds pour mes nerfs. Mais par quel miracle êtes-vous venu sur la lande et qu'avez-vous fait? Je pensais que vous étiez à Baker Street en train de travailler sur l'affaire du chantage?

— C'est ce que je désirais vous faire croire.

— Ainsi vous vous servez de moi, et pourtant vous ne vous fiez pas à moi! m'écriai-je avec amertume. Je pense que je mériterais mieux de vous, Holmes.

— Mon cher ami, vous avez été pour moi un auxiliaire inappréciable dans cette affaire comme dans beaucoup d'autres, et je vous prie de me pardonner si j'ai paru vous jouer un tour. En vérité c'était dans votre intérêt que j'ai agi ainsi, et c'était parce que je ne sous-estimais pas le danger que vous couriez que je suis venu me rendre compte personnellement. Si je vous avais rejoints vous et Sir Henry, ma présence aurait averti nos très formidables adversaires de se tenir sur leurs gardes. J'ai donc pu me débrouiller comme je ne l'aurais sûrement pas fait si j'avais logé au manoir. Je reste dans l'affaire un facteur inconnu, prêt à intervenir de tout mon poids au moment opportun.

— Mais pourquoi ne pas m'avoir prévenu?

— Si vous aviez été prévenu, cela n'aurait rien facilité et j'aurais pu être reconnu. Vous auriez voulu me dire quelque chose, ou par gentillesse vous auriez désiré m'apporter un peu de confort supplémentaire, et un risque inutile aurait été couru. J'ai emmené Cartwright, dont vous vous souvenez : le petit bonhomme de l'Express Office. Il a pourvu à mes besoins les plus simples : une miche de pain et un col propre. Que peut souhaiter de plus un mortel? Il m'a donné de surcroît une paire d'yeux supplémentaires sur une paire de jambes très agiles : ce qui m'a été incomparablement utile.

— Mes rapports ont donc été rédigés en pure perte! »

Ma voix trembla quand je me rappelai les peines et la fierté que j'avais prises pour les écrire.

Holmes tira de sa poche un rouleau de papiers.

« Les voici, mon cher ami, et très soigneusement épluchés, je vous assure! J'avais pris d'excellentes dispositions et ils n'ont été retardés que d'un jour. Je dois vous complimenter très sincèrement pour le zèle et l'intelligence dont vous avez témoigné à propos d'une affaire extraordinairement difficile. »

La chaleur des louanges de Holmes m'apaisa immédiatement. Je sentis qu'il avait eu raison d'agir comme il l'avait fait, et qu'il valait beaucoup mieux que sa présence fût restée ignorée sur la lande.

« Ah! je préfère ceci! me dit-il en observant la détente de mes traits. Et maintenant dites-moi le résultat de votre visite à Mme Laura Lyons... Il m'était facile de deviner que c'était en son honneur que vous étiez allé à Coombe Tracy, car elle est la seule personne de l'endroit capable de nous dépanner dans l'affaire. »

Et il ajouta :

« En fait, si vous n'y étiez pas allé aujourd'hui, il est vraisemblable que j'y serais allé demain. »

Le soleil s'était couché et le crépuscule descendait sur la lande. L'air s'était rafraîchi; aussi nous retirâmes-nous dans la cabane pour avoir chaud. Là, assis dans la pénombre, je racontai à Holmes mon entretien avec Mme Lyons. Il était si intéressé que je dus le lui répéter deux fois.

« Voilà qui est de la plus haute importance! fit-il quand j'eus achevé. Voilà qui comble une lacune. Vous savez peut-être qu'une grande intimité existe entre cette dame et Stapleton?

— Non.

— Aucun doute là-dessus. Ils se rencontrent, s'écrivent... Bref ils s'entendent à merveille. Ce qui nous met entre les mains une arme puissante. Si seulement je pouvais détacher sa femme.

— Sa femme?

— Je vous fournis à présent quelques renseignements en retour de ceux que vous m'avez communiqués. La femme qui passe ici pour Mlle Stapleton est en réalité Mme Stapleton, son épouse.

— Grands dieux, Holmes! Êtes-vous sûr de ce que vous dites? Comment aurait-il pu permettre à Sir Henry de lui faire la cour?

— La cour de Sir Henry ne pouvait nuire à personne sauf à Sir Henry. Stapleton a veillé tout particulièrement à ce que Sir Henry ne fasse pas sa cour à cette dame et à ce qu'ils ne tombent point amoureux l'un de l'autre, comme vous l'avez vous-même observé. Je vous répète que cette dame est sa femme et non sa sœur.

— Mais pourquoi cette tromperie calculée?

— Parce qu'il prévoyait qu'elle pourrait lui être beaucoup plus utile sous les apparences d'une femme libre. »

Tous mes instincts refrénés, mes soupçons vagues se précisèrent soudain pour se centrer sur le naturaliste. En cet homme impassible, terne, coiffé de son chapeau de paille et maniant son filet à papillons, je commençai à voir quelqu'un de terrible : une créature douée d'une ruse et d'une patience infinies, le sourire aux lèvres et le meurtre dans le cœur.

« C'est donc lui qui est notre ennemi?... lui qui nous a filés dans Londres?

— Voilà comment je lis la devinette.

— Et l'avertissement? Il aurait émané d'elle?

— Exactement. »

Une scélératesse monstrueuse, mi-visible, mi-indistincte, se profila dans la nuit qui m'avait si longtemps inquiété.

« Mais vous êtes sûr de cela, Holmes? Comment savez-vous que sa sœur... est sa femme?

— Parce qu'il s'est oublié jusqu'à vous conter un passage de son autobiographie la première fois qu'il vous a rencontré. Je dois dire qu'il l'a amèrement regretté depuis. Il fut autrefois professeur dans un collège du nord de l'Angleterre. Or, rien n'est plus facile que de retrouver la trace d'un professeur. Il y a des agences spécialisées dans la pédagogie, grâce auxquelles on peut retrouver tout homme qui a été professeur. Une courte enquête m'a révélé qu'un collège du Nord avait été mené à la ruine dans des conditions atroces, et que son directeur, dont le nom n'était pas Stapleton, avait disparu en compagnie de sa femme. Les signalements concordaient. Quand j'ai appris que le directeur en question était un entomologiste fervent, je n'ai plus eu aucun doute. »

Ma nuit commençait à s'éclaircir; des ombres subsistaient cependant.

« Si cette femme est réellement son épouse, que vient faire Mme Laura Lyons?

— C'est l'un des points sur lesquels votre enquête a projeté un peu de lumière. Votre entretien avec la dame résout pour moi quantité de problèmes. Je ne savais rien d'un divorce projeté entre elle et son mari. Dans ce cas, elle a cru que Stapleton était célibataire et elle comptait devenir sa femme.

— Et quand elle sera détrompée ?...

— Alors, Watson, nous trouverons peut-être la dame disposée à nous servir. Notre première tâche est de la voir, demain, tous les deux. Ne pensez-vous pas, Watson, que vous négligez quelque peu vos devoirs ? Vous devriez être à Baskerville Hall ! »

Les derniers rayons rouges s'étaient affadis à l'ouest et la nuit s'installait sur la lande. Des étoiles pâles luisaient dans le ciel violet.

« Une dernière question, Holmes ! dis-je en me levant. Point n'est besoin de secret entre nous. Que signifie toute l'affaire ? Qui poursuit-il ? »

Holmes baissa la voix pour me répondre.

« C'est une affaire de meurtre, Watson : de meurtre raffiné, exécuté de sang-froid, délibéré. Ne me demandez pas de détails. Mes filets sont près de se refermer sur lui, comme les siens menacent de près Sir Henry. Grâce à vous il est déjà presque à ma merci. Un seul danger peut encore nous menacer : qu'il frappe avant que nous soyons prêts, nous, à frapper. Dans vingt-quatre heures, deux jours peut-être, j'aurai mon dossier complet. Mais jusque-là remplissez votre office avec autant de vigilance qu'une mère en mettrait pour garder son petit enfant. Votre mission d'aujourd'hui se trouve justifiée ; cependant j'aurais presque préféré que vous ne l'eussiez pas quitté d'une semelle... Attention! »

Un hurlement terrible... Un cri prolongé d'horreur et d'angoisse déchira le silence de la lande, glaça mon sang.

« Oh! mon Dieu! balbutiai-je. Qu'est-ce? Qui est-ce? »

Holmes avait bondi. Je vis sa silhouette sombre et athlétique devant la porte de la cabane; épaules basses, tête projetée en avant pour fouiller l'obscurité.

« Silence! » chuchota-t-il.

Le cri, étant donné sa violence, avait puissamment retenti, mais il était parti de loin sur la plaine ombreuse. Soudain il éclata dans nos oreilles, plus proche, plus pressant.

« Où est-ce? » chuchota Holmes.

Le frémissement de sa voix me révéla que lui, l'homme de fer, était bouleversé jusqu'au tréfonds de l'âme.

« Où est-ce, Watson?

— Par là, je pense! »

Dans le noir j'indiquai une direction.

« Non, c'est par ici! »

De nouveau le cri d'agonie transperça le calme de la nuit : plus fort encore et tout près. Mais un autre bruit se mêla à celui-là : un grondement murmuré, musical et pourtant menaçant, dont la note montait et retombait comme le sourd murmure perpétuel de la mer.

« Le chien! s'écria Holmes. Venez, Watson! Courons! Pourvu qu'il ne soit pas trop tard! »

Il s'était élancé sur la lande de toute la vitesse

de ses jambes; je le suivis sur ses talons. Mais de quelque part sur le terrain raviné, juste en face de nous, jaillit un dernier hurlement de terreur, suivi d'un lourd bruit mat. Nous nous arrêtâmes pour écouter. Plus aucun bruit ne troublait le silence de la nuit sans vent.

Je vis Holmes porter la main à son front comme un homme ivre. Il tapa du pied.

« Nous sommes battus, Watson. Il est trop tard.

— Non, sûrement pas!

— Fou que j'étais de retenir ma main! Et vous, Watson, voyez la conséquence de votre abandon de poste! Mais, par le Ciel, si le pire est arrivé, nous le vengerons! »

Nous courûmes dans la nuit, sans rien voir, butant contre des pierres, traversant des buissons d'ajoncs, soufflant en escaladant des côtes, fonçant dans la direction d'où avaient retenti les cris de terreur. Sur chaque élévation de terrain, Holmes regardait autour de lui, mais l'ombre sur la lande était épaisse; rien ne bougeait sur sa surface hostile.

« Voyez-vous quelque chose?

— Rien.

— Chut! Écoutez! »

Un gémissement plaintif s'éleva sur notre gauche. De ce côté une crête de rochers se terminait par un escarpement abrupt qui surplombait une pente jalonnée de pierres. Et sur cette pente était étalé un objet noir, imprécis. Nous nous en approchâmes et ce contour vague se précisa : un homme était étendu face contre terre, le visage rabattu formait un angle atroce, les épaules étaient arrondies et le corps tassé sur lui-même comme pour un saut périlleux. Cette attitude était si grotesque que j'eus du mal à comprendre que le gémissement avait été l'envol d'une âme. Quand nous nous penchâmes sur le corps, il n'exhala pas une plainte, il ne bougea pas. Holmes posa une main sur lui et la retira en poussant une exclamation d'horreur. Il frotta une allumette; à sa lueur nous vîmes que ses doigts étaient poissés de sang et qu'une mare sinistre s'élargissait à partir du crâne écrasé. Mais elle nous révéla quelque chose de plus : le cadavre était celui de Sir Henry Baskerville!

Comment aurions-nous pu oublier la teinte un peu spéciale, rouille, du costume de tweed qu'il portait le jour où il se rendit à Baker Street? Nous le reconnûmes au moment où l'allumette s'éteignit sous le vent comme l'espoir dans nos cœurs. Holmes gronda. Dans la nuit je distinguai qu'il était livide.

« La brute! Oh! la brute! m'exclamai-je en me tordant les mains. Oh! Holmes, jamais je ne me pardonnerai de l'avoir abandonné à son destin!

— Je suis plus à blâmer que vous, Watson. Afin d'avoir un dossier complet et bien établi, j'ai sacrifié la vie de mon client. C'est le coup le plus dur de toute ma carrière. Mais comment pouvais-je savoir?... Comment aurais-je pu prévoir qu'il se risquerait seul sur la lande malgré mes avertissements?

— Dire que nous avons entendu ses cris... quels cris, Seigneur!... Et que nous avons été incapables de le sauver! Où est cette brute de chien qui l'a fait mourir? Il doit être tapi derrière quelque rocher... Et Stapleton, où est-il? Il répondra de cette mort!

— Oh! oui! J'y veillerai! L'oncle et le neveu ont été assassinés : l'un épouvanté jusqu'à en mourir par la vue de cet animal sauvage, l'autre trouvant la mort pour essayer de lui échapper. Il nous reste à prouver la relation entre l'homme et le chien. Mais en dehors de ce que nous avons entendu, nous ne pouvons même pas jurer de l'existence de la bête, puisque Sir Henry est mort, évidemment, d'une chute! Tout de même, Stapleton a beau être astucieux, il sera à ma merci avant qu'un autre jour se soit écoulé! »

Nous nous tenions de chaque côté du cadavre, complètement bouleversés par la soudaineté de ce désastre irrévocable qui était la piteuse conclusion de tous nos efforts. La lune se leva : nous grimpâmes alors sur l'escarpement d'où était tombé notre pauvre ami; de sa crête nous inspectâmes la lande mi-argent mi-plomb. Au loin, à plusieurs kilomètres de là, dans la direction de Grimpen, brillait une petite lumière jaune immobile : elle ne pouvait provenir que de l'habitation isolée des Stapleton. Je brandis mon poing et le maudis.

« Pourquoi ne pas aller le capturer tout de suite?

— Notre dossier n'est pas complet. Le gaillard est avisé, rusé au dernier degré. Ce qui compte, ce n'est pas ce que nous savons, mais ce que nous pouvons prouver. Si nous faisons le moindre faux pas, il peut nous échapper.

— Alors, que faire?

— Nous aurons demain une journée chargée. Ce soir nous ne pouvons que nous acquitter de nos derniers devoirs envers notre pauvre ami. »

Nous redescendîmes ensemble de l'escarpement et nous revînmes auprès du cadavre. L'affreux spectacle de ces membres brisés me fit mal; des larmes me vinrent aux yeux.

« Il faut que nous allions chercher du secours, Holmes! Nous ne pouvons pas le transporter ainsi jusqu'au manoir. Grands dieux, êtes-vous devenu fou? »

Il avait poussé une exclamation en se penchant au-dessus du corps; et à présent il dansait, riait, me serrait les mains à les briser. Était-ce là mon ami si maître de lui, si austère? La colère l'avait rendu fou, sûrement!

« Une barbe! L'homme a une barbe!

— Une barbe?

— Ce n'est pas le baronnet! C'est... Eh bien, c'est mon voisin, le forçat! »

Fébrilement nous retournâmes le cadavre : une barbe hirsute pointa vers la lune claire et froide. Aucun doute! Ce front sourcilleux, ces yeux d'animal sauvage, ce faciès bestial... c'était bien la tête que j'avais vue éclairée par la lueur de la bougie entre les rochers : la tête de Selden, le criminel évadé.

Alors tout devint clair dans mon esprit. Je me rappelais que le baronnet m'avait dit qu'il avait donné à Barrymore sa vieille garde-robe. Barrymore en avait fait cadeau à Selden pour qu'il pût fuir. Les chaussures, la chemise, le chapeau appartenaient à Sir Henry. Certes le drame demeurait terrible, mais du moins cet homme avait mérité la mort selon les lois de son pays. J'expliquai le tout à Holmes. Mon cœur débordait de gratitude et de joie.

« Dans ce cas, c'est à cause des vêtements qu'il est mort, me répondit-il. Il est évident que le chien a été mis sur la piste par un objet quelconque appartenant à Sir Henry : la chaussure qui lui a été volée à l'hôtel, selon toute probabilité. Il y a pourtant un dernier mystère : comment, dans la nuit, Selden a-t-il su que le chien était lancé à ses trousses ?

— Il l'a entendu.

— Le fait d'entendre un chien sur la lande n'aurait pas poussé un homme endurci comme ce forçat au paroxysme de la terreur. Songez qu'en appelant ainsi au secours, il risquait d'être repris. D'après ses cris il a dû courir longtemps après avoir su que le chien était sur sa trace. Mais comment l'a-t-il su ?

— Un plus grand mystère existe selon moi, Holmes : pourquoi ce chien, en supposant que toutes nos hypothèses soient fondées...

— Je ne suppose pas, Watson !

— Bon. Pourquoi, donc, ce chien a-t-il été lâché cette nuit ? Je présume qu'il n'est pas constamment en liberté sur la lande. Stapleton ne l'aurait pas lâché s'il n'avait pas eu motif de croire que Sir Henry allait venir par ici.

— Des deux mystères, le mien est le plus formidable; car je pense que d'ici très peu de temps le vôtre nous sera expliqué, tandis que le mien demeurera éternellement un mystère. La question qui se pose maintenant est celle-ci : qu'allons-nous faire du cadavre de ce malheureux? Nous ne pouvons pas l'abandonner en pâture aux renards et aux corbeaux!

— Nous pourrions le transporter dans l'une des cabanes jusqu'à ce que nous ayons alerté la police.

— Parfaitement. Nous serons capables de le porter jusque-là. Oh! oh! Watson, qui est-ce? Voici notre homme en personne, merveilleux d'audace! Pas un mot qui puisse lui indiquer nos soupçons... Pas un mot, Watson, sinon tous nos plans sont anéantis! »

Un homme avançait en effet vers nous, j'aperçus la lueur rouge de son cigare. La lune l'éclairait : c'était bien l'allure sémillante et désinvolte du naturaliste. Il s'arrêta net quand il nous vit, puis reprit sa marche.

« Comment, docteur Watson, c'est vous? Vous êtes bien le dernier que je me serais attendu à rencontrer sur la lande à cette heure de la nuit. Mais mon Dieu, qu'est cela? Quelqu'un a-t-il été blessé?... Oh! ne me dites pas... ne me dites pas que c'est notre ami Sir Henry! »

Il s'était précipité sur le cadavre. Je l'entendis aspirer brusquement de l'air; le cigare lui tomba des doigts.

« Qui... Qui est-ce? balbutia-t-il.

— C'est Selden, le forçat qui s'était évadé de Princetown. »

Stapleton tourna vers nous un visage hagard; mais dans un effort de tout son être il surmonta sa stupéfaction et sa déception. Son regard pénétrant alla de Holmes à moi.

« Mon Dieu! Quelle affaire! Comment est-il mort?

— Il semble qu'il se soit rompu le cou en tombant de cet escarpement. Mon ami et moi étions en train de nous promener sur la lande quand nous l'avons entendu crier.

— J'ai entendu un cri, moi aussi. C'est ce qui m'a poussé dehors. J'étais inquiet au sujet de Sir Henry.

— Pourquoi de Sir Henry en particulier? ne pus-je m'empêcher de lui demander.

— Parce que je l'avais invité à venir à Merripit. Comme il tardait, j'étais étonné; et, tout naturellement, j'ai commencé à m'alarmer sérieusement quand j'ai entendu des cris sur la lande. A propos... »

Son regard perçant alla de nouveau se poser alternativement sur Holmes et sur moi.

« ... Avez-vous entendu autre chose que les cris?

— Non, répondit Holmes. Pas moi. Et vous?

— Non.

— Alors, que voulez-vous dire?

— Oh! vous connaissez les histoires que racontent les paysans d'ici à propos d'un chien fantôme. Il paraît qu'on peut l'entendre la nuit sur la lande. Je me demandais si ce soir on l'avait entendu.

— Je n'ai rien entendu de semblable, dis-je.

— Et quelle est votre thèse sur la mort de ce pauvre diable?

— Sans aucun doute, la peur, le froid lui ont

fait perdre la raison. Il a dû courir dans la lande comme un fou et le hasard a voulu qu'il tombe ici et s'y rompe les os.

— C'est une thèse très raisonnable, répondit Stapleton en lâchant un soupir que j'interprétai comme de soulagement. Qu'en dites-vous, monsieur Sherlock Holmes ? »

Mon ami s'inclina courtoisement.

« Vous avez l'identification facile, dit-il.

— Nous vous attendions depuis l'arrivée du docteur Watson. Vous êtes tombé juste sur une tragédie.

— Oui. Je crois fermement que la thèse de mon ami rend compte des faits. J'emporterai demain vers Londres un souvenir plutôt désagréable.

— Oh ! vous partez demain ?

— C'est mon intention.

— J'espère que votre séjour a permis de résoudre ces énigmes qui nous avaient un peu intrigués ? »

Holmes haussa les épaules.

« On ne peut pas toujours gagner, ni obtenir le succès qu'on espère, fit-il. Un enquêteur a besoin de faits, mais pas de bruits et de légendes. Cette affaire m'a déçu. »

Mon ami parlait avec une négligence apparemment sincère. Stapleton le considéra fixement encore un moment. Puis il se tourna vers moi.

« Je vous proposerais bien de transporter ce pauvre diable jusqu'à ma maison, mais ce spectacle épouvanterait tellement ma sœur que j'hésite. Je crois que si nous recouvrions le cadavre il ne risquerait rien avant le matin. »

Ainsi fut fait. Refusant les offres hospitalières de Stapleton, nous nous mîmes en route, Holmes et moi, vers le manoir de Baskerville, et nous laissâmes le naturaliste rentrer seul. Quand nous nous retournâmes, nous aperçûmes sa silhouette se déplacer lentement sur la lande; derrière lui était figé sur la pente argentée le petit tas qui montrait l'endroit où Selden avait trouvé une mort si horrible.

« Enfin nous en sommes venus au corps à corps! murmura Holmes. Quels nerfs il a, cet homme! Avez-vous vu comme il a dominé la réaction qui aurait dû le paralyser, quand il s'est rendu compte que ce n'était pas la victime qu'il visait qui était tombée dans son guet-apens? Je vous l'ai dit à Londres, Watson, et je vous le redis maintenant : jamais nous n'avons rencontré un adversaire plus digne de croiser notre fer.

— Je regrette qu'il vous ait vu.

— Je le regrettais aussi au début. Mais il n'y avait plus moyen de l'empêcher.

— Quel effet aura sur ses plans, d'après vous, la nouvelle que vous êtes ici?

— Peut-être l'incitera-t-elle à être prudent, à moins qu'elle ne le pousse à des décisions désespérées dans l'immédiat. Comme la plupart des criminels intelligents, peut-être sera-t-il trop confiant dans ses moyens et pensera-t-il qu'il nous a complètement roulés.

— Pourquoi ne l'arrêterions-nous pas sur-le-champ?

— Mon cher Watson, vous avez l'action dans le sang. Votre instinct vous commande d'être énergique tout de suite. Mais en supposant, pour l'amour de la discussion, que nous l'ayons arrêté cette nuit, en serions-nous pour cela dans une meilleure position ? Nous ne pourrions rien prouver contre lui. C'est bien là son astuce infernale ! S'il agissait par l'intermédiaire d'un être humain, nous pourrions avoir une preuve, mais si nous exhibions ce gros chien à la lumière du jour, cela ne nous aiderait nullement à enrouler une corde autour du cou de son maître.

— Nous avons tout de même un dossier !

— Pas l'ombre d'un ! Uniquement des déductions et des hypothèses. Le tribunal se moquerait de nous si nous nous présentions avec une telle histoire sans preuves.

— Il y a la mort de Sir Charles.

— Trouvé mort sans aucune trace de violence. Vous et moi nous savons qu'il est mort d'épouvante, et nous savons aussi ce qui l'a épouvanté ; mais comment transmettre cette certitude à douze jurés bornés ? Quelles traces de la présence d'un chien ? Où sont les marques de ses crocs ? Bien sûr nous savons qu'un chien ne mord pas un cadavre, et que Sir Charles était mort avant même que l'animal l'eût rattrapé. Mais il nous faut le prouver, et nous ne sommes pas en situation de pouvoir le faire.

— Comment ! Et ce soir ?

— Nous ne sommes guère plus avancés. A nouveau il n'y a aucun rapport direct entre le chien et la mort de Selden. Nous n'avons jamais vu le chien. Nous l'avons entendu. Mais nous ne pouvons pas prouver qu'il était sur la piste du forçat.

Il y a aussi une absence totale de motifs... Non, mon cher ami, nous devons nous faire à l'idée que nous ne disposons d'aucun dossier pour l'instant, et que l'affaire vaut néanmoins la peine que nous l'établissions le plus tôt possible.

— Et comment pensez-vous l'établir?

— J'espère grandement en Mme Laura Lyons : quand elle saura exactement la situation conjugale de Stapleton, elle nous aidera sans doute. Et j'ai mon propre plan. Nous agirons demain. J'espère qu'avant la fin du jour le succès aura couronné nos efforts. »

Je ne pus rien lui tirer d'autre; perdu dans ses pensées il marcha sans mot dire jusqu'aux grilles de Baskerville Hall.

« Vous rentrez avec moi?

— Oui. Je ne vois aucune raison de dissimuler plus longtemps ma présence. Mais un dernier mot, Watson. Ne parlez pas du chien à Sir Henry. Contons-lui la mort de Selden en nous inspirant de l'affabulation de Stapleton. Il sera en meilleur équilibre nerveux pour affronter l'épreuve qu'il devra subir demain, puisqu'il est invité, si je me souviens bien de votre rapport, à dîner chez ces gens.

— Je suis invité aussi.

— Alors vous vous ferez excuser : il ira seul. Cela ne souffrira pas de difficultés. Et maintenant, si nous arrivons trop tard pour le dîner, j'espère qu'un souper nous attend. »

CHAPITRE XIII

LE FILET SE RESSERRE

Sir Henry témoigna plus de joie que de surprise en voyant Sherlock Holmes, car depuis quelques jours il pensait que les récents incidents le décideraient à quitter Londres pour venir ici. Il haussa néanmoins les sourcils quand il aperçut que mon ami n'avait pas de bagages et ne lui fournissait aucune explication sur leur absence. Quand nous fûmes seuls avec lui, nous satisfîmes sa curiosité jusqu'à la limite dont nous étions convenus. Mais je dus d'abord accomplir la pénible mission d'apporter la nouvelle de la mort de Selden à Barrymore et à sa femme. Le maître d'hôtel en éprouva peut-être du soulagement, mais Mme Barrymore sanglota dans son tablier. Pour le monde entier il était un homme de violence, mi-démon, mi-animal; pour elle, il était resté le petit garçon de sa propre enfance, l'enfant qu'elle avait tenu par la main. Bien mauvais, l'homme qu'une femme ne pleurerait point!

« Depuis que Watson s'en est allé ce matin, j'ai broyé du noir toute la journée sans sortir de chez moi, nous dit le baronnet. J'espère que vous serez content puisque j'ai tenu ma promesse. Si je n'avais pas juré de ne pas me promener seul, j'aurais pu profiter d'une excellente soirée, car j'avais reçu un message de Stapleton me conviant à monter jusque chez lui.

— Je ne doute pas que votre soirée n'eût été fort agréable, répondit sèchement Holmes. A propos, vous rendez-vous compte que nous nous sommes lamentés sur votre cadavre ? Nous avions cru que vous vous étiez rompu le cou. »

Sir Henry ouvrit de grands yeux.

« Comment cela ?

— Le pauvre diable portait un costume à vous. Je crains que votre domestique, qui le lui a remis, n'ait des ennuis avec la police.

— C'est peu probable. Je crois me rappeler qu'il ne portait aucune marque.

— Il a de la chance ! En fait, tous vous avez de la chance, car vous avez choisi le mauvais côté de la loi en cette affaire. Je ne suis pas sûr qu'en ma qualité de détective consciencieux mon premier devoir ne soit pas d'arrêter toute la maisonnée. Les rapports de Watson sont des documents suffisants pour vous incriminer.

— Mais au sujet de l'affaire, reprit le baronnet, avez-vous débrouillé quelque peu cet écheveau ? Je ne crois pas que Watson et moi soyons plus avancés depuis notre arrivée.

— Je crois que je serai bientôt en état de tout vous éclaircir. L'affaire est excessivement complexe et difficile. Il reste plusieurs points sur lesquels nous avons encore besoin d'être éclairés, mais tout de même nous touchons au but.

— Nous avons eu une aventure, comme Watson a dû vous le faire savoir. Nous avons entendu le chien sur la lande; je puis donc jurer qu'il ne s'agit pas là d'une superstition pure et simple. Quand j'étais en Amérique j'ai eu à m'occuper de chiens et je sais quand j'en entends un aboyer! Si vous pouvez museler celui-là et l'enchaîner, je suis prêt à jurer que vous êtes le plus grand détective de tous les temps.

— Je crois que je le musellerai et que je l'enchaînerai si vous me promettez votre concours.

— Tout ce que vous me direz de faire, je le ferai.

— Très bien. Et je vous demanderai aussi d'agir aveuglément sans me poser de questions.

— Si vous voulez.

— Dans ce cas, je pense que les chances que nous avons de résoudre ce petit problème sont de notre côté. Je ne doute pas... ».

Il s'arrêta subitement et regarda dans l'air au-dessus de ma tête. La lampe éclairait son visage : on y lisait une telle intensité qu'on aurait pu le prendre pour le buste classique d'une statue de la Vigilance.

« Qu'y a-t-il? »

Je vis quand il abaissa son regard qu'il maîtrisait une forte émotion intérieure. Ses traits étaient encore rigides, mais ses yeux brillaient d'une joie amusée.

« Pardonnez l'admiration d'un connaisseur, dit-il en désignant la rangée des portraits qui garnissaient le mur opposé. Watson n'admet pas que je m'y connaisse en art, mais c'est jalousie pure, parce que nos opinions diffèrent. Vous avez vraiment une très belle collection de portraits!

— Je suis heureux de vous l'entendre dire, dit Sir Henry en regardant mon ami avec étonnement. Je ne prétends pas m'y connaître beaucoup, et je serais meilleur juge en chevaux ou en taureaux qu'en tableaux. Je ne savais pas que vous trouviez du temps pour vous intéresser à la peinture.

— Je sais ce qui est bon quand je le vois, et je le vois maintenant. Voilà, j'en jurerais, un Kneller : cette dame en soie bleue là-bas; et ce gros gentleman à perruque est un Reynolds. Ce sont des portraits de famille, je suppose?

— Tous.

— Connaissez-vous leurs noms?

— Barrymore me les a appris; je crois que je sais ma leçon sur le bout du doigt.

— Qui est le gentleman avec le télescope?

— Le vice-amiral Baskerville, qui a servi sous Rodney dans les Indes occidentales. L'homme avec le manteau bleu et le rouleau de papier est Sir William Baskerville, qui a été président des commissions de la Chambre des Communes sous Pitt.

— Et ce cavalier en face de moi? Celui qui a un costume de velours noir et de la dentelle?

— Ah! vous avez le droit de faire sa connaissance! C'est lui l'origine de tous nos malheurs, c'est le méchant Hugo, qui a engendré le chien des Baskerville. Nous ne sommes pas près de l'oublier. »

Je regardais le portrait avec intérêt et étonnement.

« C'est curieux! murmura Holmes. On le prendrait pour un personnage assez tranquille et de manières douces, si un démon n'allumait pas son regard. Je me l'étais imaginé plus robuste, plus ruffian...

— L'authenticité ne fait aucun doute : le nom et la date, 1647, figurent derrière la toile. »

Holmes se tut, mais l'image du vieux bandit sembla le fasciner; pendant notre souper il ne la quitta pas des yeux. Ce n'est que plus tard, une fois Sir Henry retiré dans sa chambre, que je fus capable de suivre le fil de ses pensées. Il me ramena dans la salle à manger en tenant à la main une bougie, qu'il éleva jusqu'au portrait suspendu au mur.

« Voyez-vous quelque chose? » me demanda-t-il.

Je regardai le chapeau empanaché, les boucles en accroche-cœur, le col de dentelle blanche, et le visage sévère, aquilin, qu'ils encadraient. Ce n'était pas un visage brutal, mais il était contracté, dur, ferme, et il avait une bouche bien serrée aux lèvres minces, deux yeux froids, intolérants...

« Ressemble-t-il à un visage que vous connaissez?

— Dans la mâchoire il y a quelque chose de Sir Henry.

— Oui, peut-être. Mais attendez un instant! »

Il se hissa sur une chaise et, tenant la lumière dans sa main gauche, il plia son bras droit par-dessus le grand chapeau et autour des boucles de cheveux.

« Mon Dieu! » m'exclamai-je stupéfait.

Le visage de Stapleton avait émergé de la toile.

« Ah! vous le voyez à présent! Mes yeux ont été exercés à examiner les visages et non leurs accompagnements. La première qualité d'un enquêteur criminel est de pouvoir percer un déguisement.

— C'est merveilleux! On dirait son portrait.

— Oui, c'est un exemple intéressant d'un retour en arrière, à la fois physique et moral. L'étude des portraits de famille suffirait à convertir n'importe qui à la doctrine de la réincarnation. Stapleton est un Baskerville, voilà l'évidence!

— Avec des intentions sur la succession?

— Mais oui! Ce portrait nous procure l'un de nos anneaux manquants. Nous l'avons, Watson, nous le possédons, et j'ose jurer qu'avant demain soir il volettera dans notre filet comme l'un de ses propres papillons. Une épingle, un bouchon, un carton, et nous l'ajouterons à la collection de Baker Street! »

Il éclata d'un rire qui chez lui était peu fréquent, tandis qu'il se détournait du portrait. Je ne l'ai pas souvent entendu rire : chaque fois ce rire présageait un malheur pour un adversaire.

Je me levai de bonne heure, mais Holmes m'avait devancé : je le vis qui remontait l'avenue pendant que je m'habillais.

« Oui, nous devrions avoir une journée bien remplie! me dit-il en se frottant les mains dans la joie de l'action. Les filets sont tous tendus, la pêche va commencer. Avant la fin du jour nous saurons si nous avons attrapé notre gros brochet à mâchoire tombante, ou s'il a glissé entre nos mailles.

— Seriez-vous déjà allé sur la lande?

— J'ai adressé de Grimpen un message à Princetown pour informer de la mort de Selden. Je crois pouvoir affirmer que personne ici ne sera ennuyé pour cette affaire. Et j'ai aussi communiqué avec mon fidèle Cartwright, qui serait certainement resté cloué à la porte de ma cabane comme un chien sur le tombeau de son maître si je ne l'avais rassuré sur ma santé.

— Qu'allons-nous faire?

— D'abord voir Sir Henry. Ah! le voici!

— Bonjour, Holmes! dit le baronnet. Vous ressemblez à un général qui prépare le plan d'une bataille avec son chef d'état-major.

— C'est exactement la situation. Watson était en train de me demander mes ordres.

— Moi aussi.

— Parfait! Vous avez promis, je crois, de dîner ce soir avec vos amis Stapleton.

— J'espère que vous vous joindrez à nous. Ce sont des gens très hospitaliers, et je suis sûr qu'ils seraient très heureux de vous voir.

— Je crains que Watson et moi ne soyons obligés de nous rendre à Londres.

— A Londres?

— Oui. Je pense que nous serons plus utiles là-bas dans la conjoncture présente. »

Le nez du baronnet s'allongea.

« J'espérais que vous me tiendriez compagnie pendant toute cette affaire. Le manoir et la lande ne sont pas des endroits bien agréables pour un homme seul.

— Mon cher ami, vous devez me faire implicitement confiance et agir exactement comme je vais vous le dire. Vous assurerez vos amis que nous aurions été heureux de nous rendre chez eux avec vous, mais qu'une affaire urgente nous a obligés à rentrer à Londres, et que nous espérons être très bientôt de retour dans le Devonshire. Vous rappellerez-vous la teneur de ce message?

— Puisque vous le jugez nécessaire, oui.

— Je n'ai pas le choix, croyez-moi! »

Je devinai, à lire sur les traits du baronnet, qu'il était profondément blessé par ce qu'il considérait comme une désertion.

« Quand désirez-vous partir? s'enquit-il froidement.

— Immédiatement après le petit déjeuner. Nous irons en voiture à Coombe Tracy, mais Watson laisse ici ses affaires, en gage qu'il vous reviendra. Watson, vous enverrez un mot à Stapleton pour lui dire que vous regrettez de lui faire faux bond.

— J'ai bien envie de partir avec vous, fit le baronnet. Pourquoi resterais-je ici tout seul?

— Parce que c'est votre devoir. Parce que vous m'avez donné votre parole que vous feriez ce que je vous dis, et je vous dis de rester.

— Très bien. Je resterai.

— Encore une directive : je voudrais que vous vous fassiez conduire en voiture à Merripit. Mais vous renverrez votre break, et vous ferez part de votre intention de rentrer à pied.

— A pied à travers la lande?

— Oui.

— Mais c'est justement contre cette promenade que vous m'avez mis en garde!

— Cette fois-ci vous pourrez la faire en toute sécurité. Si je n'avais pas confiance dans vos nerfs et dans votre courage, je ne l'exigerais pas; mais il est essentiel que vous la fassiez.

— Je la ferai.

— Et si vous tenez à votre vie, ne traversez la lande qu'en suivant le sentier qui conduit tout droit de Merripit à la route de Grimpen; c'est d'ailleurs votre itinéraire normal.

— J'agirai comme vous me le demandez.

— Très bien. Je serais heureux de partir dès que possible afin d'être à Londres dans l'après-midi. »

Ce programme me surprit; certes je me rappelais que Holmes avait annoncé la nuit précédente à Stapleton qu'il regagnerait Londres le lendemain. Je n'avais pas songé toutefois qu'il désirerait me faire partir, et je ne parvenais pas à comprendre comment nous pourrions être tous deux absents à un moment aussi critique. Mais je ne pouvais rien objecter. Je n'avais qu'à obéir aveuglément. Aussi fîmes-nous nos adieux à notre ami désolé; deux heures plus tard nous étions à la gare de Coombe Tracy. Nous renvoyâmes Perkins au manoir. Sur le quai attendait un jeune garçon.

« Y a-t-il des ordres pour moi, monsieur?

— Vous prendrez ce train pour Londres, Cartwright. Au moment où vous arriverez, vous enverrez un télégramme à Sir Henry Baskerville, signé de moi, pour lui dire que s'il retrouve le carnet que j'ai perdu, il me l'envoie en recommandé à Baker Street.

— Bien, monsieur.

— Et demandez au chef de gare s'il y a un message pour moi. »

Le jeune garçon revint avec un télégramme que Holmes me tendit. Il était conçu comme suit :

« Télégramme reçu. Arrive avec mandat en blanc à cinq heures quarante. — Lestrade. »

« J'ai la réponse à ma dépêche de ce matin. Il est l'un des meilleurs professionnels de la police, à mon avis, et nous pouvons avoir besoin de son aide. Maintenant, Watson, je pense que nous ne saurions mieux employer notre temps qu'en allant rendre visite à votre amie Mme Laura Lyons. »

Son plan de campagne commençait à se dessiner dans ma tête. Il se servait du baronnet pour persuader les Stapleton que nous étions réellement partis, alors que nous serions de retour à l'instant où notre présence serait indispensable. Ce télégramme de Londres, si Sir Henry en faisait état auprès des Stapleton, écarterait tout soupçon. Déjà il me semblait voir le filet se refermer sur notre brochet à la mâchoire tombante.

Mme Laura Lyons était dans son bureau; Sherlock Holmes entra dans le vif du sujet avec une franchise directe qui la stupéfia.

« J'enquête actuellement sur les circonstances qui ont entouré la mort de Sir Charles Baskerville, dit-il. Mon ami le docteur Watson m'a informé de ce que vous lui aviez dit, et aussi de ce que vous aviez tu à propos de cette affaire.

— Qu'ai-je donc tu? demanda-t-elle avec un air hautain.

— Vous avez avoué que vous aviez prié Sir Charles Baskerville de se trouver devant la porte à dix heures. Nous savons que ce furent le lieu et l'heure de sa mort. Vous avez nié qu'il existait un rapport entre ces deux événements.

— Il n'y a pas de rapport.

— Dans ce cas la coïncidence est vraiment extraordinaire. Mais je crois que nous allons parvenir à établir le rapport. Je désire être tout à fait franc avec vous, madame Lyons. Nous considérons cette affaire comme un assassinat qui, s'il était prouvé, mettrait en cause non seulement votre ami M. Stapleton, mais aussi sa femme. »

La dame sauta sur son fauteuil.

« Sa femme?

— Ce n'est plus un secret. La personne qui passait pour sa sœur est en réalité sa femme. »

Mme Lyons s'était rassise. Ses mains se cramponnèrent aux bras de son siège; je vis que ses ongles roses étaient devenus blancs sous la violente pression des doigts.

« Sa femme? répéta-t-elle. Sa femme! Il est célibataire. »

Sherlock Holmes haussa les épaules.

« Prouvez-le-moi! Et si vous m'en apportez la preuve... »

L'éclat féroce de son regard nous en apprit plus que ses paroles.

« Je suis tout prêt à vous en apporter la preuve,

dit Holmes en tirant de sa poche plusieurs papiers. Voici une photographie du couple prise dans le Yorkshire il y a quatre ans. La légende porte “ Monsieur et Madame Vandeleur ”. Mais vous n’aurez nulle difficulté à le reconnaître et elle aussi, si vous la connaissez de vue. Voici trois descriptions manuscrites, rédigées par des témoins de bonne foi, concernant M. et Mme Vandeleur, qui à l’époque s’occupaient du collège privé de St. Oliver. Lisez-les, et voyez si vous pouvez douter encore de l’identité. »

Elle y jeta un coup d’œil, puis nous regarda avec le visage rigide, tragique, d’une femme désespérée.

« Monsieur Holmes, dit-elle, cet homme m’a offert le mariage à condition que je puisse divorcer. Il m’a menti, le scélérat, d’une manière inconcevable! Il ne m’a jamais dit un mot de vrai. Et pourquoi? Pourquoi? J’imaginais que c’était par amour pour moi. Mais je vois à présent que je n’ai jamais été pour lui autre chose qu’un instrument entre ses mains. Pourquoi demeurerais-je loyale envers lui alors qu’il ne l’a jamais été envers moi? Pourquoi essaierais-je de le protéger contre les effets de ses propres vices? Demandez-moi ce que vous voudrez; je ne vous dissimulerai rien. Je vous jure que, quand j’ai écrit la lettre, je ne voulais aucun mal au vieux gentleman qui avait été mon ami le meilleur.

— Je vous crois tout à fait, madame! répondit Holmes. Le rappel de ces événements doit vous être pénible; peut-être préférez-vous que je vous en fasse le récit; vous me reprendrez si je commets une erreur. L'envoi de cette lettre vous a été suggéré, n'est-ce pas, par Stapleton?

— C'est lui qui me l'a dictée.

— Je suppose qu'il a donné comme raison que vous recevriez une aide de Sir Charles pour les frais légaux d'une instance de divorce.

— Oui.

— Ensuite, après que vous eûtes envoyé la lettre, il vous a dissuadée d'aller au rendez-vous?

— Il m'a dit que tout compte fait sa dignité personnelle serait froissée si quelqu'un d'autre me procurait de l'argent pour mon divorce, et que malgré sa pauvreté il consacrerait jusqu'à son dernier penny à lever les obstacles qui nous séparaient.

— Il m'a l'air d'avoir un caractère très logique. Ensuite, vous n'avez plus rien su avant de lire dans le journal la nouvelle de la mort de Sir Charles?

— Plus rien.

— Et il vous a fait promettre de ne rien dire au sujet de votre rendez-vous avec Sir Charles?

— En effet. Il m'a dit que cette mort était très mystérieuse, et que je serais certainement soupçonnée si le rendez-vous était connu. Il m'a terrorisée et m'a fait promettre de me taire.

— Bien sûr! Mais vous aviez bien quelques soupçons! »

Elle hésita et baissa les yeux.

« Je le connaissais, dit-elle. Mais s'il avait été loyal envers moi j'aurais toujours été loyale envers lui.

— Je pense qu'à tout prendre vous vous en

êtes bien tirée, dit Sherlock Holmes. Vous le teniez, il le savait, et cependant vous êtes toujours en vie. Depuis quelques mois vous marchez au bord d'un précipice. Nous devons maintenant prendre congé de vous, Mme Lyons; il est probable que d'ici peu vous aurez de nos nouvelles. »

Tandis que nous attendions l'arrivée de l'express de Londres, Holmes me dit :

« Notre dossier s'épaissit, Watson, et nos difficultés, les unes après les autres, s'évanouissent. Je serai bientôt en mesure de retracer d'un seul jet tous les éléments du crime le plus extraordinaire des temps modernes. Les étudiants en criminologie se rappelleront des épisodes analogues en 1866 à Grodno en Petite-Russie, et bien entendu les crimes d'Anderson en Caroline du Nord; mais cette affaire comporte quelques traits qui lui appartiennent en propre. Même maintenant notre dossier contre ce vilain personnage n'est pas complet. Mais je serais bien surpris s'il y manquait quelque chose avant que nous nous mettions au lit ce soir. »

L'express de Londres entra en gare et un homme de petite taille, sec, nerveux comme un bouledogue, sauta sur le quai. Nous échangeâmes une solide poignée de main, et à en juger par la manière respectueuse dont Lestrade regardait mon ami, je compris qu'il en avait appris long depuis le jour où ils avaient commencé à travailler ensemble. Je me rappelais le dédain avec lequel cet homme pratique accueillait alors les théories du logicien.

« Du bon travail en vue? demanda-t-il.

— La plus grosse affaire de ces dernières années,

répondit Holmes. Nous avons deux heures devant nous avant de songer à nous mettre en route. Je pense que nous pourrions employer ce délai à manger quelque chose; après quoi, Lestrade, nous chasserons de vos bronches le brouillard londonien en vous faisant respirer la pureté de l'air nocturne de Dartmoor. Vous n'étiez jamais venu par ici? Ah! Eh bien, je crois que vous n'oublierez pas votre première visite dans ce délicieux pays! »

CHAPITRE XIV

LE CHIEN DES BASKERVILLE

L'un des défauts de Sherlock Holmes (en admettant qu'on puisse appeler cela un défaut) était qu'il répugnait excessivement à communiquer tout son plan avant l'heure de l'exécution. Cette répugnance s'expliquait en partie par son tempérament dominateur : il aimait surprendre son entourage. En partie aussi par sa prudence professionnelle qui lui recommandait de ne rien hasarder. Le résultat, toutefois, était épuisant pour ses agents ou ses auxiliaires. J'en avais déjà souffert à maintes reprises, mais jamais comme pendant cette longue randonnée dans l'obscurité. Nous touchions au but; du moins nous allions produire notre suprême effort; et pourtant Holmes n'avait pas encore précisé son plan d'action. Mes nerfs étaient hypertendus quand le vent froid, de vastes espaces sombres et nus de chaque côté de la route étroite m'avertirent que nous étions sur la lande. Chaque tour de roues, chaque foulée de nos chevaux nous rapprochaient de la conclusion de notre aventure.

Notre liberté de propos était gênée par la présence du cocher de louage; aussi fûmes-nous contraints de nous cantonner dans les banalités alors que nous étions envahis par l'énervement de l'attente. Je fus soulagé lorsque, ayant dépassé la maison de Frankland, je compris que nous approchions du manoir. Nous ne nous arrêtâmes pas devant la grille, mais à une petite distance. Le cocher reçut, avec de l'argent, l'ordre de rentrer à Coombe Tracy, et nous nous mîmes en route vers Merripit.

« Êtes-vous armé, Lestrade? »

Le petit détective sourit.

« Tant que je porte un pantalon, j'ai une poche-revolver, et tant que j'ai une poche-revolver je mets quelque chose dedans.

— Bien! Mon ami et moi nous sommes également parés pour les cas d'urgence.

— Vous êtes diablement bouche cousue sur cette affaire, monsieur Holmes. A quoi allons-nous jouer?

— A attendre.

— Ma parole, le lieu n'est pas gai! murmura le détective en frissonnant. En face de nous j'aperçois les lumières d'une maison.

— C'est Merripit, but de notre promenade. Je doit vous demander de marcher sur la pointe des pieds et de vous en tenir au chuchotement. »

Nous avançâmes avec précaution sur le chemin comme si nous nous rendions à la maison, mais Holmes stoppa à deux cents mètres d'elle.

« Nous serons très bien ici, dit-il. Ces rocs sur la droite constituent un admirable écran de protection.

— Allons-nous faire le guet?

— Oui. Nous allons tendre ici notre petite embuscade. Installez-vous dans ce creux, Lestrade. Vous, Watson, vous avez pénétré dans la maison, n'est-ce pas? Pouvez-vous me dire la disposition des pièces? Quelles sont ces fenêtres grillagées au bout de la maison?

— Les fenêtres de la cuisine, je pense.

— Et celle-ci, plus loin, qui est si bien éclairée?

— La salle à manger, certainement.

— Les stores ne sont pas baissés. C'est vous qui connaissez le mieux le terrain. Faufilez-vous jusque-là et voyez ce qu'ils sont en train de faire. Mais pour l'amour du Ciel, qu'ils ne sachent pas qu'ils sont sous surveillance! »

Je descendis le sentier sur la pointe des pieds, et je me baissai derrière le petit mur qui clôturait le verger rabougri. Je rampai dans son ombre pour atteindre un endroit d'où je pouvais observer par la fenêtre sans rideaux.

Dans la pièce il n'y avait que deux personnes : Sir Henry et Stapleton. Ils étaient assis de profil face à face autour de la table ronde. Ils fumaient le cigare; du café et du vin se trouvaient devant eux. Stapleton parlait avec animation; mais le baronnet paraissait pâle et distrait. Peut-être la perspective d'une marche solitaire sur la lande de sinistre réputation pesait-elle lourdement sur son esprit.

Pendant que je les regardais, Stapleton se leva et quitta la pièce; Sir Henry remplit son verre et s'adossa en tirant sur son cigare. J'entendis une porte s'ouvrir et des chaussures qui écrasaient le gravier. Les pas longèrent le mur derrière lequel j'étais accroupi. Je me relevai doucement et je vis le naturaliste s'arrêter à la porte d'un appentis situé dans le coin du verger. Une clef tourna dans la serrure; il entra, et de l'intérieur me parvint un curieux bruit de bousculade. Il ne resta dedans qu'une minute ou deux, puis j'entendis la clef tourner une autre fois; il longea à nouveau mon mur et rentra dans la maison. Je le vis rejoindre son invité, après quoi j'allai à quatre pattes retrouver mes compagnons qui m'attendaient.

« Vous dites, Watson, que la dame n'est pas là? insista Holmes quand j'eus terminé mon rapport.

— Elle n'y est pas.

— Où peut-elle être donc, puisqu'il n'y a pas d'autre lumière que dans la cuisine?

— Je me le demande. »

Au-dessus du grand bourbier de Grimpen s'étalait un brouillard blanc, épais. Il dérivait lentement dans notre direction, et il formait déjà un mur, bas, certes, mais épais et de contours nets. La lune l'éclairait; il ressemblait à un grand iceberg miroitant : les sommets des pics lointains en émergeaient comme des rocs de glace. Holmes le contempla un moment et, avec impatience, murmura :

« Il se déplace vers nous, Watson.

— Est-ce grave?

— Oui, très grave : c'est la seule chose qui puisse déranger mes plans. Il ne peut pas tarder maintenant! Il est déjà dix heures. Notre réussite et même sa vie dépendent du moment où il sortira : si le brouillard recouvre alors le chemin... »

Au-dessus de nous la nuit était claire. Les étoiles brillaient de leur éclat glacé; une demi-lune baignait les lieux de sa lumière douce et incertaine. Devant nous se dressait la masse sombre de la maison avec son toit en dents de scie et ses cheminées qui se détachaient sur le ciel lamé d'argent. De larges raies dorées s'échappaient des fenêtres du rez-de-chaussée pour s'étendre en travers du verger et de la lande. L'une d'elles s'effaça brusquement. Les domestiques avaient quitté la cuisine. Seule restait allumée la lampe de la salle à manger où deux hommes, l'hôte assassin et l'invité naïf, continuaient à bavarder en tirant sur leurs cigares.

Régulièrement l'étendue cotonneuse blanche qui recouvrait une moitié de la lande se rapprochait. Déjà ses premiers tortillons se contorsionnaient en passant devant le carré jaune de la fenêtre éclairée. L'autre mur du verger était devenu invisible; les arbres s'embuaient d'une vapeur blanche. Pendant que nous guettions les progrès du brouillard, celui-ci commença à envelopper les angles de la maison et à rouler ses moutonnements ensemble pour former un banc très dense, au-dessus duquel l'étage supérieur et le toit flottaient comme un navire étrange sur une mer ombreuse. Holmes posa une main frémissante sur le roc devant nous et tapa du pied.

« S'il n'est pas sorti dans un quart d'heure nous ne pourrons même plus voir nos mains...

— Nous devrions peut-être reculer pour nous placer sur un terrain plus élevé?

— Oui, je crois que cela vaudrait mieux. »

Nous nous postâmes à sept ou huit cents mètres de la maison; mais cette mer blanche, épaisse, aux rebords argentés par la lune, continuait à avancer inexorablement.

« Nous sommes allés trop loin, dit Holmes. Nous ne devons pas risquer qu'il soit rattrapé avant d'avoir pu nous rejoindre. A tout prix il faut que nous nous cramponnions là où nous sommes... »

Il tomba sur ses genoux et colla une oreille contre le sol.

« ...Dieu merci, je crois que je l'entends qui arrive! »

Un bruit de pas vifs troua le silence de la lande. Accroupis parmi les pierres, nous scrutâmes intensément le banc du brouillard devant nous. Les pas se rapprochèrent et du brouillard émergea l'homme que nous attendions. Quand il se retrouva dans la nuit claire, illuminée d'étoiles, il regarda autour de lui. Puis il nous dépassa rapidement et s'engagea sur la longue côte derrière nous. Pendant qu'il marchait il jetait fréquemment des regards par-dessus son épaule, comme un homme inquiet.

« Attention! cria Holmes qui arma son revolver. Attention! Le voilà! »

De quelque part au cœur de ce brouillard rampant résonna un petit bruit continu de pas précipités, nerveux. Le nuage se trouvait à une cinquantaine de mètres de l'endroit où nous étions retranchés; tous les trois nous le fixions désespérément, nous demandant quelle horreur allait en surgir. J'étais au coude-à-coude avec Holmes, et je lui jetai un coup d'œil : son visage était livide, mais exultant; ses yeux luisaient comme ceux d'un loup, mais, tout à coup, ils immobilisèrent leur regard, s'arrondirent, et ses lèvres s'écartèrent de stupéfaction. Au même moment Lestrade poussa un cri de terreur et s'écroula la face contre terre. Je sautai sur mes pieds; ma main étreignit mon revolver mais ne se leva pas; j'étais paralysé par la forme sauvage, monstrueuse qui bondissait vers nous. C'était un chien, un chien énorme, noir comme du charbon, mais un chien comme jamais n'en avaient vu des yeux de mortel. Du feu s'échappait de sa gueule ouverte; ses yeux jetaient de la braise; son museau, ses pattes s'enveloppaient de traînées de flammes. Jamais aucun rêve délirant d'un cerveau dérangé ne créa vision plus sauvage, plus fantastique, plus infernale que cette bête qui dévalait du brouillard.

A longues foulées, cet énorme chien noir bondissait, le nez sur la piste des pas de notre ami. Nous étions si pétrifiés que nous lui permîmes de nous dépasser avant d'avoir récupéré la maîtrise de nos nerfs. Puis Holmes et moi nous fîmes feu en même temps; la bête poussa un hurlement épouvantable : elle avait été touchée au moins par une de nos balles. Elle ne s'arrêta pas pour si peu; au contraire elle précipita son galop. Au loin sur le chemin nous aperçûmes Sir Henry qui s'était retourné : il était blême sous le clair de lune; il leva les mains, horrifié, regardant désespérément l'abominable créature qui fonçait sur lui.

Mais le cri de douleur qu'avait poussé le chien

avait dissipé nos frayeurs. S'il était vulnérable, c'était donc une bête mortelle; et puisque nous l'avions blessé, nous pouvions le tuer. Jamais personne ne courut plus vite que Holmes cette nuit-là! On me reconnaît volontiers une certaine agilité pédestre, mais il me surclassa aussi facilement que je surclassai le policier professionnel. Devant nous, pendant que nous courions comme des fous, nous entendions les appels de Sir Henry et le mugissement de la bête, grave et profond. J'arrivai juste à temps pour voir le chien féroce sauter sur sa victime, la jeter à terre et lui prendre la gorge entre ses crocs. Mais presque aussitôt Holmes avait vidé son chargeur dans le flanc de la bête. Avec un dernier hurlement d'agonie et un spasme qui le fit rebondir sur le sol, le chien roula sur le dos, ses quatre pattes battant l'air furieusement; il retomba enfin sur le côté. Je me baissai, haletant, et pressai le canon de mon revolver contre sa gueule horrible, luisante; mais je n'eus pas besoin d'appuyer sur la détente : le chien géant était mort.

Sir Henry gisait inanimé là où il était tombé. Nous lui arrachâmes son col, et Holmes poussa un soupir de gratitude en constatant qu'il ne portait aucune trace de blessure et que nous l'avions sauvé. Déjà les paupières de notre ami se soulevaient; il fit un léger effort pour se remuer. Lestrade insinua le goulot de son flacon de cognac entre les dents du baronnet; deux yeux épouvantés nous contemplèrent.

« Mon Dieu! murmura-t-il. Qu'était-ce? Au nom du Ciel, qu'était cette bête?

— Elle est morte, en tout cas! répondit Holmes. Nous avons abattu une fois pour toutes le fantôme de la famille. »

Rien que par la taille et la puissance, c'était une bête terrible : ni un pur molosse ni un pur dogue; sans doute un mélange des deux : décharné, sauvage, aussi fort qu'une petite lionne. Même à présent, dans l'immobilité de la mort, les puissantes mâchoires semblaient exhaler une flamme bleuâtre, et les yeux cruels, petits, profondément enfoncés étaient cerclés de feu. Je posai ma main sur le museau luisant; quand je la retirai, mes doigts brûlaient et brillaient dans la nuit.

« Du phosphore! m'écriai-je.

— Et préparé avec une astuce magnifique! dit à son tour Holmes en reniflant le cadavre de l'animal. Il ne dégageait aucune odeur qui aurait pu gêner son odorat. Nous vous devons de sérieuses excuses, Sir Henry, pour vous avoir exposé à cette épouvante. J'avais bien prévu un chien, mais pas une bête pareille. Et le brouillard ne nous a guère laissé de temps pour l'accueillir.

— Vous m'avez sauvé la vie.

— Après l'avoir mise en danger. Vous sentez-vous assez fort pour vous tenir debout?

— Donnez-moi une autre gorgée de ce brandy, et je serai prêt à n'importe quoi. Là! Maintenant, si vous vouliez m'aider à me relever. Qu'allez-vous faire?

— D'abord vous laisser ici. Vous n'êtes pas suffisamment en forme pour d'autres aventures. Si vous voulez attendre, l'un de nous vous ramènera tout à l'heure au manoir. »

Il essaya de se mettre debout; mais il était mortellement pâle et il tremblait de tous ses membres. Nous l'aidâmes à s'installer sur une pierre; il s'y assit en frissonnant, et enfouit sa tête dans ses mains.

« Il faut que nous vous laissions maintenant, lui dit Holmes. Nous avons à terminer notre ouvrage et chaque minute compte. Nous possédons notre dossier, il ne nous manque que l'homme. »

Quand nous eûmes repris le sentier qui nous menait vers Merripit, il nous murmura :

« Il y a une chance sur mille pour que nous le trouvions chez lui. Ces coups de feu ont dû lui apprendre qu'il avait perdu la partie.

— Nous étions à une certaine distance; le brouillard peut les avoir amortis.

— Il suivait le chien pour le rappeler, vous pouvez en être certain! Non, il s'est enfui. Mais nous fouillerons la maison pour nous en assurer. »

La porte du devant était ouverte; nous nous ruâmes à l'intérieur et passâmes de pièce en pièce à l'ahurissement d'un vieux domestique que nous faillîmes renverser dans le couloir. La seule lampe allumée était dans la salle à manger; Holmes s'en empara et toute la maison fut fouillée. Aucune trace de l'homme que nous pourchassions! A l'étage supérieur, cependant, une chambre était fermée à clef.

« Il y a quelqu'un à l'intérieur! cria Lestrade. J'entends bouger. Ouvrez cette porte! »

De dedans nous parvint en effet un faible gémissement et un bruissement étrange. Holmes donna un grand coup de pied juste au-dessus de la serrure, et la porte s'ouvrit. Revolver au poing, nous nous élançâmes tous trois.

Mais au lieu de nous trouver en face du scélérat que nous espérions avoir acculé, nous découvrîmes quelque chose de si imprévu et de si étrange que nous fûmes cloués sur place.

La chambre avait été transformée en petit musée; le long des murs s'alignaient des vitrines pleines de cette collection de papillons et d'insectes que le criminel avait constituée pour se distraire. Au milieu de la pièce se dressait une poutre verticale, sans doute placée là autrefois pour soutenir le plafond mangé aux vers. A ce poteau une forme humaine était attachée, ligotée, entourée de bandelettes comme une momie, enveloppée de draps si serrés qu'il était impossible de distinguer s'il s'agissait d'un homme ou d'une femme. Une serviette enroulée autour de la gorge était fixée derrière le poteau. Une autre recouvrait la partie inférieure du visage; au-dessus deux yeux noirs (des yeux pleins de douleur, de honte, et d'interrogation anxieuse) nous regardaient. En moins d'une minute nous avions ôté le bâillon, dénoué les liens, et Mme Stapleton s'effondra à nos pieds. Quand sa jolie tête retomba sur sa poitrine, je vis le sillon rouge d'un coup de cravache en travers de son cou.

« La brute! s'écria Holmes. Vite, Lestrade, votre cognac! Asseyons-la sur la chaise. Elle s'est évanouie à la suite de mauvais traitements, elle est épuisée! »

Elle rouvrit les yeux.

« Est-il sain et sauf? demanda-t-elle. En a-t-il réchappé?

— Il ne peut pas nous échapper, madame.

— Non, non! Je ne parle pas de mon mari. Sir Henry? Est-il sain et sauf?

— Oui.

— Et le chien?

— Il est mort. »

Elle poussa un long soupir de satisfaction.

« Merci, mon Dieu! Oh! cet immonde personnage! Voyez comme il m'a traitée!... »

Elle dénuda ses bras, et nous constatâmes avec horreur qu'ils étaient tout meurtris par des coups.

« ...Mais cela n'est rien. Rien! C'est mon esprit, mon âme, qu'il a torturé, avili. J'aurais pu tout endurer, les mauvais traitements, la solitude, une vie de déceptions, tout, si au moins j'avais pu me raccrocher à l'espoir qu'il m'aimait toujours; mais à présent je sais que là encore j'ai été sa dupe et son instrument! »

Elle éclata en sanglots.

« Vous ne lui voulez guère de bien, madame! dit Holmes. Dites-nous donc où nous le trouverons. Si jamais vous l'avez aidé dans le mal, aidez-nous à présent et vous réparerez vos fautes.

— Il n'a pu fuir que dans un seul endroit, répondit-elle. Sur une île au cœur du grand bourbier, il y a une mine d'étain. C'est là qu'il gardait son chien; il l'avait aménagée en refuge. Voilà où il a dû se cacher. »

Le brouillard collait aux vitres comme du coton blanc. Holmes leva la lampe contre la fenêtre.

« Voyez, fit-il. Personne ne pourrait ce soir

s'orienter dans le grand bourbier de Grimpen! »

Elle rit et battit des mains. Ses yeux et ses dents brillaient d'une joie féroce.

« Il peut y avoir pénétré, mais il ne retrouvera jamais son chemin pour en sortir, s'écria-t-elle. Comment voir les baguettes ce soir? Nous les avions plantées ensemble, lui et moi, pour marquer le chemin à travers le bourbier. Oh! si seulement j'avais pu les arracher aujourd'hui! Vous l'auriez eu à votre merci. »

Il était évident que toute poursuite serait vaine tant que le brouillard ne serait pas levé. Aussi nous laissâmes à Lestrade la garde de la maison, tandis que nous conduisîmes le baronnet à Baskerville Hall. Il n'était plus temps de lui cacher l'histoire des Stapleton, mais il encaissa courageusement le coup quand il apprit la vérité sur la femme qu'il avait aimée. Le choc de sa nuit d'aventures avait toutefois ébranlé ses nerfs; avant le matin une forte fièvre se déclara et il eut le délire; le docteur Mortimer s'occupa de lui. Tous deux devaient faire ensemble le tour du monde avant que Sir Henry redevînt l'homme courageux, viril qu'il avait été lorsqu'il ne s'était point trouvé à la tête de ce domaine de mauvais augure.

*

Et maintenant j'en viens rapidement à la conclusion de ce récit singulier. J'ai essayé de faire partager au lecteur ces peurs indéfinissables et ces soupçons imprécis qui empoisonnèrent si longtemps notre existence et qui eurent une fin tragique. Au matin qui suivit la mort du chien des Baskerville, le brouillard s'était levé. Mme Stapleton nous conduisit à l'endroit où ils avaient jalonné de repères un chemin à travers le bourbier. Nous devinâmes l'horrible vie qu'avait menée cette femme quand nous vîmes la passion joyeuse avec laquelle elle nous mettait sur les traces de son mari. Nous la laissâmes debout sur la mince presqu'île de tourbe ferme qui aboutissait au bourbier immense. A partir de là des baguettes plantées à intervalles plus ou moins réguliers indiquaient le sentier qui serpentait sur des touffes de roseaux au milieu de fosses à l'écume verte et de marécages traîtres devant lesquels tout étranger aurait reculé. Une odeur de décomposition et de pourrissement flottait dans l'air; des miasmes de gaz lourds nous balayaient le visage; plus d'une fois un faux pas nous précipita dans le bourbier jusqu'à la taille. Sur des dizaines de mètres cette substance mouvante dessinait sous nos pieds de molles ondulations. Elle nous collait aux chevilles; quand nous enfoncions, c'était comme si une main criminelle nous saisissait pour nous plonger dans ses profondeurs immondes, tant était subite et tenace l'étreinte qui nous attirait. Une seule fois nous aperçûmes des traces : quelqu'un s'était engagé avant nous sur ce chemin semé de périls. Au milieu d'une touffe d'herbes, un objet sombre apparut. Pour s'en emparer Holmes s'enfonça jusqu'aux aisselles : si nous n'avions pas été là pour le retirer, il ne serait jamais parvenu à reprendre pied. Il agita en l'air un vieux soulier marqué à l'intérieur : « Meyers, Toronto. »

« Cela valait un bain de boue, nous dit-il. C'est le soulier manquant de notre ami Sir Henry.

— Dont Stapleton s'est débarrassé dans sa fuite.

— Exactement. Il l'avait gardé à la main après s'en être servi pour mettre le chien sur la piste. Il s'est enfui quand il a compris qu'il avait perdu la partie, mais il le tenait encore. Et à cet endroit de sa fuite il s'en est débarrassé. Nous savons qu'au moins il est arrivé jusqu'ici sain et sauf. »

Mais nous ne devions pas en savoir davantage : ce ne fut pas faute d'éléments de conjectures. Nous n'avions aucune chance de retrouver des traces de pas dans le bourbier, car la boue les recouvrait aussitôt; mais quand nous atteignîmes enfin un sol plus ferme de l'autre côté du marécage nous les cherchâmes, et nous n'en découvrîmes aucune. Si la terre ne nous mentit point, Stapleton ne parvint jamais à cette île-refuge vers laquelle il s'était précipité à travers le brouillard. Quelque part au sein du grand bourbier de Grimpen, au fond de cet immense marais qui l'a aspiré, cet homme au cœur insensible et cruel est enterré pour l'éternité.

Nous avons trouvé de nombreux vestiges de ses séjours dans l'île où il avait caché son féroce complice. Une grosse roue motrice et un puits à demi comblé nous confirmèrent que c'était bien une mine abandonnée. A côté s'étalaient les vestiges croulants de ce qui avait été les maisons des mineurs, chassés sans nul doute par les relents fétides du marais environnant. Dans une maison un anneau scellé à un mur et une chaîne, avec une grande quantité d'os broyés, nous révélèrent la niche du chien. Un squelette avec des touffes de poil brun qui y adhéraient encore gisait parmi les débris.

« Un chien! fit Holmes. C'était, ma foi, un épagneul à poils bouclés. Le pauvre Mortimer ne reverra plus jamais son favori... Eh bien, je crois que cet endroit ne renferme pas un secret que nous n'ayons déjà percé. Stapleton pouvait cacher son chien, mais il ne pouvait le faire taire : d'où ces aboiements qui, même en plein jour, n'étaient pas agréables à entendre. En cas de besoin il pouvait installer son animal dans un appentis à Merripit; mais c'était un risque, et il ne l'a couru que le dernier jour, quand il considérait qu'il était arrivé au terme de ses efforts. Cette colle dans la boîte en fer-blanc est sans doute le mélange lumineux dont il ornait son chien. Idée qui lui a été suggérée, naturellement, par l'histoire du chien diabolique des Baskerville, et par le désir d'épouvanter Sir Charles jusqu'à l'en faire mourir. Ne nous étonnons donc pas qu'un pauvre diable de forçat ait couru et hurlé, comme le fit même notre ami, et comme nous-mêmes aurions pu le faire aussi bien, quand il vit une telle bête bondir sur sa piste dans l'obscurité de la lande. C'était un plan astucieux, car, sans parler de la possibilité de faire mourir la victime désignée, quel paysan se serait aventuré à enquêter de trop près sur un animal aussi monstrueux après l'avoir aperçu, ce qui est arrivé à plusieurs, sur la lande?

Je vous l'avais dit à Londres, Watson, et je le répète encore maintenant : jamais nous n'avons abattu d'homme plus dangereux que celui qui a sombré quelque part là-dedans. »

Il allongea son bras interminable vers l'immense étendue parsemée de taches vertes qu'entouraient les pentes rousses de la lande.

CHAPITRE XV

RÉTROSPECTIVE

Fin novembre, Holmes et moi étions assis de chaque côté d'un bon feu dans notre petit salon de Baker Street; dehors la nuit était rude, brumeuse. Depuis la dramatique conclusion de notre séjour dans le Devonshire, Holmes avait eu à s'occuper de deux problèmes de la plus haute importance : d'abord il avait dénoncé l'abominable comportement du colonel Upwood à propos du fameux scandale de cartes au Nonpareil Club; ensuite il avait défendu la malheureuse Mme Montpensier sur qui pesait l'accusation d'avoir tué sa belle-fille Mlle Carrère qui, on s'en souvient, fut retrouvée six mois plus tard mariée et établie à New York. Mon ami était ravi du succès qui avait couronné toute une série d'affaires difficiles et importantes : j'en profitai pour l'amener à discuter avec moi de quelques détails relatifs au mystère des Baskerville. J'avais patiemment attendu l'occasion, car je savais qu'il détestait chevaucher deux problèmes à la fois et que son esprit clair et logique refusait de se laisser distraire des travaux du présent pour se reporter sur les souvenirs du passé. Toutefois Sir Henry et le docteur Mortimer étant passés par Londres avant d'entreprendre le long voyage qui avait été conseillé au baronnet pour la restauration de son équilibre nerveux, il était bien normal qu'après leur départ je soulevasse le problème.

« Tout le cours des événements, me dit Holmes, du point de vue de l'homme qui s'était baptisé Stapleton, a été d'une droite simplicité ; tandis qu'à nous, qui n'avions au début aucun moyen de connaître ses motifs et devions nous contenter des faits, il est apparu d'une complexité extraordinaire. J'ai eu le privilège de m'entretenir par deux fois avec Mme Stapleton, et tout a été si parfaitement éclairci que je ne crois pas qu'il subsiste l'ombre d'un secret. Vous trouverez quelques notes sur l'affaire à la lettre B de mes dossiers.

— Mais vous allez bien me donner de mémoire un résumé des événements ?

— Si vous voulez ; mais je ne garantis pas la complète exactitude de tous les faits. Une intense concentration mentale a le pouvoir étrange d'anéantir le passé. L'avocat qui connaît son dossier sur le bout du doigt et qui est capable de discuter un détail avec un expert, s'aperçoit que quelques bagatelles au tribunal suffisent pour lui vider la tête. Quant à moi chaque affaire nouvelle balaie la précédente, et Mlle Carrère a brouillé mes souvenirs de Baskerville Hall. Demain un autre petit problème peut m'être soumis, qui me dépossédera à son tour de la jolie Française et de l'infâme Upwood. En ce qui concerne l'affaire du chien, pourtant, je vais retracer le cours des événements en les serrant d'aussi près que je le peux; vous m'avertirez si j'oublie quelque chose.

« Mes renseignements attestent de toute évidence que le portrait de famille n'a pas menti, et que ce Stapleton était vraiment un Baskerville. C'était un fils de Rodger Baskerville, frère cadet de Sir Charles, qui s'enfuit vers l'Amérique du Sud avec une effroyable réputation, et dont on a dit qu'il était mort célibataire. En fait il se maria et eut un seul enfant, cet individu, dont le vrai nom était celui de son père. Il épousa à son tour Beryl Garcia, l'une des reines de beauté de Costa-Rica et, après avoir détourné une somme considérable qui appartenait à l'État, il se fit appeler Vandeleur et fila en Angleterre où il fonda un collège dans l'est du Yorkshire. Pourquoi s'orienta-t-il vers la pédagogie? Parce qu'au cours de son voyage vers l'Angleterre il fit la connaissance d'un directeur d'études poitrinaire, et qu'il voulut se servir de sa compétence pour réussir. Mais Fraser (le directeur d'études) mourut, et le collège qui avait bien démarré sombra dans une infâme renommée. Les Vandeleur trouvèrent alors prudent de troquer ce surnom contre un autre et ils se firent appeler Stapleton. Il transporta dans le sud de l'Angleterre les restes de sa fortune, ses plans d'avenir et son goût prononcé pour l'entomologie. J'ai appris au British Museum qu'il était une autorité reconnue en la matière et que le nom de Vandeleur est encore attribué à certain insecte qu'il fut le premier à découvrir lorsqu'il se trouvait dans le Yorkshire.

« Nous en arrivons maintenant à la partie de son existence qui nous intéresse particulièrement. Stapleton avait recueilli des informations, comme de juste, et il avait découvert que deux vies seulement s'interposaient entre lui et des biens considérables. Quand il atterrit dans le Devonshire, je crois que ses projets étaient encore inconsistants; mais qu'il fût décidé au pire, cela me paraît évident puisqu'il présenta dès l'abord sa femme comme sa sœur. L'idée de se servir d'elle comme d'un appât était certainement dans sa tête, mais peut-être ne savait-il pas quel plan manigancer. Il voulait entrer en possession des biens, et il était résolu à utiliser n'importe qui et à braver n'importe quel risque pour parvenir à ses fins. Son premier acte fut de s'installer aussi près que possible de la demeure de ses ancêtres; le deuxième de cultiver l'amitié de Sir Charles Baskerville et de ses voisins.

« Le baronnet lui raconta l'histoire du chien des Baskerville; ainsi fraya-t-il la voie qui allait le mener à la mort. Stapleton, car je continuerai à l'appeler de ce nom, savait que le cœur du vieil homme était affaibli et qu'un choc le tuerait. Il tenait ce renseignement du docteur Mortimer. Il savait également que Sir Charles était superstitieux et qu'il avait pris très au sérieux cette sinistre légende. Son esprit ingénieux lui suggéra aussitôt le moyen grâce auquel le baronnet pourrait disparaître sans que le crime fût imputé au véritable assassin.

« Ayant conçu l'idée, il entreprit l'exécution avec une astuce considérable. Un aventurier banal se serait contenté d'agir avec un chien féroce. Le trait de génie consista à user de moyens artificiels pour conférer à l'animal une apparence diabolique. Il acheta le chien chez Ross and Mangles, les marchands de Fulham Road à Londres : ce chien était le plus gros et le plus féroce qu'ils possédassent. Il le ramena par la ligne du Devonshire du nord, et il fit un grand détour par la lande afin que personne ne le vît avec sa bête. Déjà au cours de ses chasses aux papillons il avait appris à pénétrer dans le bourbier de Grimpen et il connaissait une cachette pouvant servir de niche à son chien monstrueux. Il l'attacha là et il attendit sa chance.

« Mais elle tardait à venir. Impossible d'attirer de nuit le vieux gentleman hors de son domaine. Plusieurs fois Stapleton fit le guet avec son chien, mais sans résultat. C'est au cours de ces affûts inutiles qu'il fut aperçu, ou plutôt son allié, par des paysans et que la légende d'un chien-démon reçut une confirmation nouvelle. Il avait espéré que sa femme consentirait à abuser Sir Charles, mais elle refusa net. Elle ne voulut pas provoquer chez le vieux gentleman un attachement sentimental qui le mît à la merci de son ennemi. Les menaces et même (je regrette d'avoir à le dire) les coups ne modifièrent en rien la résolution de Mme Stapleton. Elle demeura inébranlable, et pendant quelque temps Stapleton se trouva dans une impasse.

« Il trouva le moyen d'en sortir grâce au hasard

qui fit de lui le ministre des bonnes œuvres de Sir Charles, notamment envers cette malheureuse femme qui s'appelle Mme Laura Lyons. En se présentant comme célibataire il acquit suffisamment d'influence sur elle pour la persuader que si elle obtenait le divorce il l'épouserait. Ses plans durent se précipiter dès qu'il apprit que Sir Charles allait quitter le manoir sur le conseil du docteur Mortimer, qu'il approuva hautement. Il lui fallait agir tout de suite, sinon sa victime lui échapperait. Il pressa donc Mme Lyons d'écrire cette lettre dans laquelle elle suppliait le vieil homme de lui accorder un entretien la veille au soir de son départ pour Londres. Par un argument spécieux il l'empêcha d'y aller elle-même; enfin il tenait l'occasion tant attendue!

« Le soir il rentra en voiture de Coombe Tracy assez tôt pour aller chercher son chien, le barbouiller de ce phosphore infernal, et le conduire auprès de la porte à claire-voie où il avait tout lieu de supposer que le baronnet irait se poster. Le chien, excité par son maître, sauta par-dessus la barrière et poursuivit le malheureux Sir Charles qui descendit l'allée des ifs en appelant au secours. Dans ce tunnel obscur, le spectacle dut être affreux de cette énorme bête noire environnée de flammes bondissant à la poursuite de sa proie. Au bout de l'allée il tomba mort de terreur et de faiblesse cardiaque. Le chien avait couru sur la bordure gazonnée tandis que le baronnet s'enfuyait sur le gravier; voilà pourquoi on ne releva que des traces de pas d'homme. En le voyant étendu immobile, le chien s'approcha sans doute, le renifla, et s'écarta du cadavre : d'où les empreintes observées par le docteur Mortimer. Stapleton rappela son chien et il le ramena en toute hâte dans son repaire du grand bourbier de Grimpen : un mystère se posa alors qui embarrassa les autorités judiciaires, alarma les environs, et fut finalement soumis à notre perspicacité.

« Voilà comment mourut Sir Charles Baskerville. Vous mesurez la ruse infernale qui présida à cet assassinat : il était réellement impossible d'établir un dossier contre le véritable meurtrier. Son seul et unique complice ne pourrait jamais le trahir, et la nature grotesque, inconcevable de l'expédient employé contribuait à le rendre plus efficace. Les deux femmes impliquées dans l'affaire, Mme Stapleton et Mme Laura Lyons, ne manquèrent pas de soupçonner Stapleton. Mme Stapleton savait qu'il nourrissait des desseins criminels contre le vieil homme et elle connaissait aussi l'existence du chien. Mme Lyons ne la connaissait pas, mais elle avait été impressionnée par cette mort survenue à l'heure d'un rendez-vous annulé dont lui seul était au courant. Comme toutefois elles étaient toutes deux sous son emprise, il n'avait rien à craindre de leur part. La première moitié de sa tâche était achevée avec plein succès; le plus difficile restait à faire.

« Il est possible que Stapleton ait ignoré l'existence d'un héritier au Canada. De toute façon il l'apprit bientôt par l'intermédiaire de son ami le docteur Mortimer qui l'informa de tous les détails concernant l'arrivée d'Henry Baskerville. La première idée de Stapleton fut que ce jeune étranger débarquant du Canada pourrait bien avoir un accident à Londres avant de descendre dans le Devonshire. Il se méfiait de sa femme depuis qu'elle avait refusé de prendre le vieil homme au piège; mais il n'osait pas la laisser seule : il craignait de perdre de son influence. Voilà la raison pour laquelle il l'emmena à Londres. Ils descendirent, je l'ai appris, au Mexborough Private Hotel, dans Craven Street, qui figurait sur la liste que j'avais remise à Cartwright pour la recherche d'une preuve. Il enferma sa femme dans sa chambre tandis que, sous le déguisement d'une fausse barbe, il suivit le docteur Mortimer jusqu'à Baker Street, puis jusqu'à la gare, et enfin au Northumberland Hotel. Sa femme avait de vagues lueurs sur ses projets; mais elle avait tellement peur de son mari (peur justifiée par toutes sortes de mauvais traitements) qu'elle n'osa pas écrire une lettre d'avertissement à l'homme qu'elle savait en danger. Si la lettre tombait entre les mains de Stapleton, il la tuerait. Alors, ainsi que nous le savons, elle adopta le moyen de découper des mots dans un journal, et de transformer son écriture sur l'enveloppe qui contenait le message. Celui-ci parvint au baronnet, qui pour la première fois se trouva mis en garde contre un péril dont il ne se doutait pas.

« L'essentiel était pour Stapleton de se procurer un objet vestimentaire de Sir Henry pour le cas où il aurait à se servir du chien : cet objet lui permettrait de le lancer sur la trace du propriétaire. Avec la promptitude et l'audace qui le caractérisent, il s'en occupa immédiatement : sans aucun doute le cireur ou une femme de chambre de l'hôtel furent soudoyés par lui. Le hasard voulut que le premier soulier fût absolument neuf et par conséquent impropre à ses desseins. Il se débrouilla donc pour en obtenir un deuxième. Incident significatif, qui me convainquit que nous avions affaire à un vrai chien, car il était impossible d'expliquer autrement cette obstination à se procurer un vieux soulier et cette indifférence à l'égard du soulier neuf. Plus un détail apparaît outré, plus il mérite de retenir l'attention! Le détail qui semble compliquer un cas devient, pour peu qu'il soit considéré et manié scientifiquement, celui qui permet au contraire de l'élucider le plus complètement.

« Ensuite nous avons eu le lendemain matin la visite de nos amis toujours suivis de Stapleton dans son fiacre. Étant donné qu'il savait notre adresse et qu'il me connaissait physiquement de vue, étant donné aussi son comportement général, je crois que la carrière criminelle de Stapleton ne se limite pas à cette affaire Baskerville. Il est intéressant de relever, par exemple, que depuis trois ans quatre cambriolages très importants ont eu lieu dans l'Ouest et que leur auteur n'a jamais été arrêté. Le dernier, à Folkstone Court, au mois de mai, m'avait intéressé par la manière dont le cambrioleur masqué et opérant seul avait froidement abattu d'un coup de revolver le groom qui l'avait surpris. Je suis à peu près sûr que Stapleton pourvoyait ainsi au renflouement de ses ressources qui s'épuisaient et que depuis des années il était à toute extrémité.

« Nous eûmes un exemple de sa vivacité ce matin-là quand il nous échappa avec tant de brio, et aussi de son audace en me renvoyant mon propre nom par l'intermédiaire du cocher de fiacre. A partir de ce moment il comprit que j'avais pris l'affaire en main à Londres et qu'il n'aurait aucune chance de parvenir à ses fins dans la capitale. Il rentra à Grimpen et attendit l'arrivée du baronnet.

— Un instant! interrompis-je. Vous avez sans nul doute retracé correctement la suite des événements, mais un point demeure inexpliqué : qu'est devenu le chien pendant que son maître était à Londres?

— J'y ai réfléchi, et c'est évidemment un point important. Stapleton a eu un homme de confiance; mais il est peu probable qu'il lui ait dévoilé tous ses plans : autrement il serait tombé au pouvoir d'un complice. A Merripit il y avait un vieux domestique du nom d'Anthony. Il était au service des Stapleton depuis de nombreuses années, déjà au temps du collège : il savait donc que ses maîtres étaient mari et femme. Ce bonhomme a subitement disparu. Or, Anthony n'est pas un nom commun en Angleterre, tandis qu'Antonio est répandu dans toute l'Espagne et les pays hispano-américains. Cet Anthony, comme Mme Stapleton, parlait correctement l'anglais, mais avec un bizarre zézaiement. J'ai vu de mes yeux ce vieux domestique traverser le grand bourbier de Grimpen par le sentier qu'avait marqué Stapleton. Il est donc probable qu'en son absence son maître l'avait chargé de s'occuper du chien, mais qu'Anthony ne se doutait pas de l'emploi qui était réservé à cette bête.

« Les Stapleton se rendirent donc dans le Devonshire, où Sir Henry et vous les rejoignirent peu après. Un mot maintenant sur ce que je fis à l'époque. Vous vous rappelez peut-être que lorsque j'examinai le papier qui portait la phrase découpée dans le journal je cherchai attentivement le filigrane. En le levant à quelques centimètres de mes yeux, je sentis la faible odeur d'un parfum qui s'appelle « jasmin blanc ». Il existe soixante-quinze parfums, et il est indispensable à tout expert criminel de savoir les distinguer les uns des autres; plus d'une fois j'ai eu entre les mains des affaires dont le succès a dépendu de la connaissance que j'en avais. Le parfum suggérait donc une présence féminine, et déjà je commençai à soupçonner les Stapleton. Ainsi avant de me rendre dans l'Ouest j'avais acquis la certitude de l'existence du chien et j'avais deviné le criminel.

« Mon jeu consistait donc à surveiller Stapleton. Mais il était évident que je ne pourrais le faire si je vous accompagnais, car il se tiendrait résolument sur ses gardes. Je vous ai donc menti délibérément à tous, même à vous, et je suis parti secrètement pendant que tout le monde me supposait à Londres. Mes fatigues et mon inconfort n'ont pas été aussi grands que vous l'avez imaginé; d'ailleurs de telles bagatelles ne doivent jamais entrer en ligne de compte quand il s'agit de traquer un criminel. Je suis demeuré la majeure partie de mon temps à Coombe Tracy et je n'ai utilisé la cabane que lorsqu'il me fallait être sur le théâtre des opérations. Cartwright était venu avec moi et, déguisé en petit campagnard, il m'a rendu les plus éminents services. Je me fiais à lui pour ma nourriture et mon linge. Pendant que je surveillais Stapleton, Cartwright vous surveillait : je tenais en main toutes les ficelles.

« Je vous ai déjà dit que vos rapports me parvenaient sans retard, repostés de Baker Street pour Coombe Tracy. Ils me furent très utiles, notamment celui qui m'apprit quelque chose de la biographie de Stapleton. Je pus grâce à lui identifier l'homme et la femme, et déterminer mon plan d'action. L'affaire s'était compliquée de l'évasion du forçat et de ses relations avec les Barrymore. Vous avez éclairci ce point avec une grande efficacité; notez que j'en étais déjà arrivé à cette conclusion par mes propres réflexions.

« Lorsque vous m'avez découvert sur la lande, j'étais en possession de toute l'affaire, mais je n'avais pas un dossier à produire devant un tribunal. Même la tentative de Stapleton cette nuit-là contre Sir Henry, qui se termina par la mort du pauvre forçat, ne nous aidait guère à prouver que notre homme était un assassin. Il n'y avait pas autre chose à faire que de le prendre sur le fait; pour cela il fallait laisser Sir Henry tout seul et apparemment sans protection; c'était le seul moyen de l'appâter. Nous l'avons tenté ; au prix d'un choc brutal pour notre client, nous avons réussi à compléter notre dossier et à détruire Stapleton. Le fait que Sir Henry se soit trouvé exposé constitue, je le reconnais, une faute dans ma méthode, mais nous n'avions pas prévu (et comment l'aurions-nous pu!) le spectacle terrible et paralysant que cette bête nous offrit, de même que nous n'avions pas prévu le brouillard qui lui permit de se dissimuler et de ne fondre sur nous qu'à la dernière seconde. Nous avons atteint notre objectif moyennant quelques dégâts dont le caractère provisoire nous a été affirmé à la fois par le spécialiste et par le docteur Mortimer. Un long voyage va permettre à notre ami de se remettre de son ébranlement nerveux, et aussi de sa blessure sentimentale. Son amour était profond et sincère; ce qu'il regrette le plus dans cette sombre affaire c'est qu'il ait été dupé par la dame de ses pensées.

« Il ne me reste plus qu'à indiquer le rôle qu'elle a joué. Sans aucun doute Stapleton a exercé sur elle une influence dictée soit par l'amour soit par la peur, soit plus vraisemblablement par les deux puisque ces sentiments ne sont pas incompatibles. Influence qui en tout cas s'avéra absolument effective : sous son emprise elle consentit à passer pour sa sœur; mais son pouvoir s'arrêta lorsqu'il entreprit d'en faire la complice active de son crime. Elle voulait avertir Sir Henry sans mettre en cause son mari, et elle le fit à maintes reprises. Stapleton lui-même était capable d'être jaloux : quand il vit le baronnet faire la cour à sa femme, alors même que cette cour entrait dans ses plans, il ne put pas s'empêcher d'intervenir dans un éclat de passion qui révélait son âme farouche habituellement dissimulée par une étonnante maîtrise de soi. Tout de même, en encourageant cette intimité, il poussait Sir Henry à fréquenter Merripit; ce qui lui fournirait tôt ou tard l'occasion qu'il souhaitait. Au jour décisif, elle se tourna contre lui. Elle avait appris quelque chose sur la mort du forçat, et elle savait que le chien avait été mené dans l'appentis avant le dîner auquel Sir Henry était invité. Elle accusa son mari d'avoir prémédité un crime. Une scène furieuse s'ensuivit, au cours de laquelle il lui dit pour la première fois qu'elle avait une rivale. Sa fidélité vira instantanément à la haine, et il comprit qu'elle le trahirait. Il la ligota afin qu'elle n'eût aucune chance de prévenir Sir Henry, et il espérait sans doute, une fois que tout le pays aurait mis la mort du baronnet au compte de la malédiction qui pesait sur sa famille, la placer devant le fait accompli, la reprendre en main, et la réduire au silence. En cela je crois qu'il avait fait un faux calcul et que, si nous n'avions pas été là, son destin n'en aurait pas moins été scellé. Une femme qui a du sang espagnol dans les veines n'absout pas facilement une offense aussi grave. Et à présent, mon cher Watson, sans me référer à mes notes, je suis incapable de vous fournir d'autres détails. Je ne pense pas avoir laissé inexpliqué un point essentiel.

— Mais il n'espérait pas épouvanter jusqu'à la mort Sir Henry comme son vieil oncle, avec son maudit chien?

— L'animal était d'un naturel féroce, et affamé. Si son apparition ne devait pas épouvanter Sir Henry jusqu'à le faire mourir de peur, du moins elle aurait paralysé la résistance qu'il aurait pu offrir.

— Certes! Il subsiste encore une difficulté. Si

Stapleton était intervenu dans la succession, comment aurait-il pu expliquer que, lui étant l'héritier, il avait choisi d'habiter incognito si près de la propriété? Comment aurait-il pu revendiquer l'héritage sans provoquer des soupçons et une enquête?

— C'est un obstacle considérable, et je crains que vous ne m'en demandiez trop. Le passé et le présent sont mes terrains d'enquêtes, mais je peux difficilement répondre à une question touchant à l'avenir. Mme Stapleton a entendu son mari évoquer cette question à plusieurs reprises. Il y avait trois solutions possibles. Il pouvait revendiquer d'Amérique du Sud ses biens, établir son identité devant les autorités locales anglaises et ainsi obtenir la jouissance de sa fortune sans reparaître en Angleterre. Il pouvait aussi adopter un déguisement approprié pour le peu de temps qu'il aurait dû séjourner à Londres. Ou, enfin, il pouvait remettre à un complice les preuves et les papiers, le faire passer pour l'héritier et se faire verser une rente plus ou moins élevée par l'ayant droit officiellement reconnu. D'après ce que nous savons de lui, nous pouvons être sûrs qu'il aurait trouvé un moyen de vaincre ce suprême obstacle! Et maintenant, mon cher Watson, nous avons durement travaillé ces derniers temps; pour une fois, je pense que nous pourrions nous offrir une petite distraction. Je dispose d'une loge pour *Les Huguenots*. Avez-vous entendu de Reszkes? Si cela ne vous ennuie pas, soyez prêt dans une demi-heure, et nous pourrons nous arrêter en chemin chez Marcini pour un dîner léger. »

Petite enquête sur

Nouveauté CONAN-DOYLE *Etrennes 1910*

PREMIERS EXPLOITS DE

SHERLOCK HOLMÈS

Illustrations de G.-S. Da FONSECA

Quarante en-têtes Hors texte et culs-de-lampe

Sherlock Holmès !

Ce nom est dans toutes les bouches et ses aventures sont entre toutes les mains ; mais il manquait une édition artistique digne de leur succès et du talent de leur auteur.

Da Fonseca, l'artiste au pinceau vigoureux, a interprété en des compositions ravissantes, mouvementées et saisissantes d'émotion, les meilleures nouvelles de Conan-Doyle contenues dans ce nouveau volume.

Un superbe volume in-8 colombier (31 × 23)

Relié pleine toile, plaque couleurs, tranches dorées . . . . . 10 »

Demander le Catalogue complet des Livres d'Étrennes

Sir Arthur Conan Doyle

Conan Doyle à Biguell Wood en 1920.

Le rideau est tombé depuis bientôt cinquante ans sur les aventures de Sherlock Holmes et du docteur Watson, mais le célèbre détective continue d'occuper le devant de la scène et de recueillir tous les applaudissements.

Des réalisateurs font des films sur des parties obscures de sa vie; la ville de Londres reconstitue sa maison dans le quartier où il est censé avoir habité; pendant longtemps Scotland Yard est encombrée des lettres qui lui sont adressées...

Dans tous les esprits, notre héros est devenu le chevalier de la Belle Époque, le paladin des Temps modernes. C'est lui encore qui semble siéger entre la reine Victoria et les terribles Boers au chapitre 1900 de l'histoire d'Angleterre...

... A un point tel que l'on se demande si Sir Arthur Conan Doyle ne serait pas celui qui a inventé cette fable selon laquelle Sherlock Holmes ne serait qu'un personnage de roman!

LE VIEUX LUTTE

Conan Doyle à la fin de la guerre 1914-19

Conan Doyle est né à Édimbourg le 22 mai 1859, au sein d'une famille d'origine irlandaise. Coïncidence ou volonté délibérée de rappeler ses origines, une petite ville du comté de Kildare en Irlande se nomme Sherlocktown. Il fait des études de médecine et en 1882 il s'installe à Portsmouth.

Sa clientèle, semblable en cela à celle de son confrère le docteur Watson, lui laisse tout le loisir de voyager, de lire et de faire paraître ses premières nouvelles. Il se marie en 1885 avec Louise Hawkins.

C'est en 1887 que paraît *Une étude en rouge*, le premier récit des aventures de Sherlock Holmes. L'ouvrage passe presque inaperçu mais comme Conan Doyle tient en piètre estime la littérature policière et ne fait pas grand cas de son personnage, l'affaire est vite oubliée.

D'autant plus que notre jeune auteur, émule de Walter Scott (l'auteur d'*Ivanhoé*), travaille déjà sur un roman historique, genre qu'il considère comme le seul digne de sa vocation d'écrivain.

Et paraissent coup sur coup *Micah Clarke* (1889) et *La Compagnie blanche* (1891) qui lui valent une célébrité immédiate.

Avec *La Compagnie blanche*, description quelque peu idéalisée de la chevalerie anglaise du Moyen Age, Conan Doyle est très fier d'avoir donné à l'Angleterre un second *Ivanhoé*.

L’écrivain à succès donne à son détective une nouvelle occasion de s’affirmer en faisant paraître *Le Signe des quatre*, puis une quinzaine de récits entre 1891 et 1892.

Le succès est foudroyant.

Conan Doyle déclara s’être inspiré du docteur Joseph Bell, un de ses professeurs à l’Université de médecine à Édimbourg, en concevant son personnage. De même pouvons-nous ajouter que le célèbre détective n’est pas sans liens de parenté avec le chevalier Dupin, le héros d’Edgar Poe, et il est certain que le personnage n’est pas sorti tel quel avec sa loupe et sa casquette de l’imagination de l’écrivain.

Quoi qu’il en soit Sherlock Holmes se débarrasse vite de ses ascendants, devient rapidement un héros légendaire et, consécration suprême pour un personnage de roman, il acquiert une réalité physique aux yeux du public.

C’est certainement pour se libérer de cette présence devenue encombrante que l’écrivain décida de le faire disparaître dans *Le Problème final*... au grand dam de ses contemporains dont certains portèrent même le deuil du détective.

« Ses yeux étaient vifs et perçants. Son nez aquilin et fin donnait à sa physionomie un air attentif et décidé. La forme proéminente du menton indiquait aussi la volonté. »

Watson, *Une étude en rouge*.

En 1891, Conan Doyle abandonne l'exercice de la médecine pour se consacrer tout entier à son métier d'écrivain.

Il voyage, continue à publier ses romans historiques, il écrit une pièce sur Waterloo, donne des conférences...

Il aimait pratiquer tous les sports et il fut lui-même le « sportsman esthète » dont il prit modèle pour décrire la personnalité de Sherlock Holmes.

En 1894, au-dessus de Davos, il franchit un col sur « des patins de neige » (skis norvégiens), exploit peu banal pour l'époque, et en 1896 il remonte le Nil jusqu'au Soudan (ci-dessus, une photographie du Nil, prise à l'époque où Conan Doyle accomplit son expédition).

En octobre 1899 la guerre éclate entre la Grande-Bretagne et les républiques africaines d'Orange et du Transvaal, les anciennes colonies réclamant leur totale indépendance.

Guerre quelque peu colonialiste, mais le jeune auteur n'hésite pas (il est alors l'un des écrivains les plus populaires d'Angleterre) et il s'engage en décembre 1899.

Au mois d'avril 1900 on le retrouve dirigeant un hôpital militaire à Bloemfontein, capitale de l'État d'Orange.

Il rentre en Angleterre pour faire paraître son livre *La Guerre des Boers*. Récit des combats, son livre expose également toutes les réformes politiques, militaires, qu'il juge souhaitable que son pays accomplisse.

C'est avec ce livre qu'apparaît le Conan Doyle « Patriote éclairé ».

Ci-dessus : La bataille de Stormberg, le 10 décembre 1899. L'un des revers de l'armée anglaise au cours de la fameuse " semaine noire ".

Ci-contre : un campement boer improvisé aux environs de Ladysmith.

THE BUDGET LEAGUE
THE BUDGET LEAGUE
TARIFF REFORM
HAPPIER DUKES
THE BUDGET LEAGUE
SAVE THE CHILDREN FROM TARIFF REFORM
THE BUDGET LEAGUE
THE BUDGET LEAGUE
THE TAX PAYER
THE TAX DODGE
£20,000 A YEAR
THE LOAFER – NOT THE LOAF

Il se présente comme député aux élections de 1900 et de 1906. Mais trop idéaliste par rapport aux problèmes réels qui secouent l'Angleterre, comme la question irlandaise, les grèves... par deux fois il est battu.
(Ci-contre, campagne d'affiches contre la réforme des tarifs douaniers.)

S'il a quelques difficultés à se faire reconnaître comme prophète en son pays, du moins ne baisse-t-il pas les bras et, lorsqu'en 1909, arrivent à la connaissance du public les crimes commis au Congo par l'administration belge, c'est à l'échelle mondiale qu'il mènera son action.
(Ci-dessus, les Belges au Congo.)

Publication d'un livre *Crime au Congo*, articles dans tous les journaux, lettres au président des États-Unis, à l'empereur d'Allemagne, tous les moyens seront bons pour que cessent ces crimes qui, en vingt ans, firent plus de victimes qu'un siècle d'esclavagisme dans toute l'Afrique.

Le justicier a pris goût au combat et ne désarme pas. Par trois fois en moins de dix ans il intervient pour rétablir la vérité dans des affaires où il met en action les qualités de raisonnement qu'il attribua à Sherlock Holmes. Mais alors que le détective évolue dans un monde honnête, où un raisonnement logique s'impose de lui-même, Conan Doyle doit affronter l'inertie de l'opinion publique, de la police et de la justice.

En 1908 il établit l'innocence de Georges Edalji, qui ne sera jamais reconnue par la justice.

En 1917, après dix ans de campagne, il réussit à faire sortir de prison Oscar Slater accusé à tort d'un crime en 1909.

En 1916 il intervient pour obtenir la grâce de Roger Casement, un des chefs des insurgés irlandais rallié en pleine guerre à l'Allemagne.

La guerre éclate et, comme il l'a fait quinze ans plus tôt, il demande à s'engager. Mais l'écrivain a plus de cinquante-cinq ans et sa demande est repoussée.

Il mettra donc sa plume au service de son pays et, durant toutes les hostilités, il rédigera l'histoire de la guerre au jour le jour.

Il est en relation directe avec des généraux sur le front, qui lui transmettent les informations. Son frère, Ines Doyle, sera nommé général en 1918. Il est même chargé d'une mission de reportage sur le front italien.

L'écrivain a « ressuscité » Sherlock Holmes depuis 1901, et jusqu'en 1927 il continuera d'écrire ses aventures.

En 1916 il se convertit au spiritisme. Et durant les dernières années de sa vie il deviendra le « croisé » de cette philosophie qui prêche le salut de l'humanité par la science.

Il meurt en 1930.

Photo : Conan Doyle dans les dernières années de sa vie.

TABLE DES MATIÈRES

Table des illustrations : Roger Viollet : 259, 262, 264, 266, 267. Librairie Hachette : 260, 261, 263, 269, 270, 271, 278. Usis : 274, 276, 277. Documentation : J.-C. Icart.

DÉJÀ PARUS
DANS LA MÊME COLLECTION

Agatha Christie	*Dix petits nègres*
Albert Cohen	*Le livre de ma mère*
Colette	*Dialogues de bêtes*
Collodi	*Pinocchio*
Conan Doyle	*Le chien des Baskerville*
	Le monde perdu
Joseph Conrad	*Typhon*
	Lord Jim
James Fenimore Cooper	*Le dernier des Mohicans*
Roald Dahl	*Sacrées sorcières*
	Le Bon Gros Géant
	Moi, Boy
	Escadrille 80
	Matilda
	Charlie et la chocolaterie
	James et la grosse pêche
Alphonse Daudet	*Lettres de mon moulin*
	Le petit Chose
Daniel Defoe	*Robinson Crusoé*
André Dhôtel	*Le pays où l'on n'arrive jamais*
	L'île de la Croix d'Or
Charles Dickens	*Les aventures d'Olivier Twist*
	David Copperfield (t. I et II)
Alexandre Dumas	*Les trois mousquetaires*
Claire Etcherelli	*Élise ou la vraie vie*
Anne Frank	*Le journal d'Anne Frank*
Roger Frison-Roche	*Premier de cordée*
	La grande crevasse
Nadine Garrel	*Au pays du grand condor*
Théophile Gautier	*Le capitaine Fracasse*
André Gide	*La symphonie pastorale*
Jean Giono	*Jean le Bleu*
William Golding	*Sa Majesté des Mouches*
Kenneth Grahame	*Le vent dans les saules*
Julien Green	*Moïra*
Ernest Hemingway	*Le vieil homme et la mer*
Homère	*L'Odyssée*
	L'Iliade
Victor Hugo	*Notre-Dame de Paris*
	L'homme qui rit
Jerome K. Jerome	*Trois hommes dans un bateau*
Erich Kästner	*Le petit homme*
Joseph Kessel	*Les cavaliers*
	Le lion
	Le petit âne blanc

	Fortune carrée
Rudyard Kipling	*Le livre de la jungle*
	Le second livre de la jungle
	Kim
	Capitaines courageux
Janusz Korczak	*Le roi Mathias 1er*
Selma Lagerlöf	*Le merveilleux voyage de Nils Holgersson à travers la Suède*
Maurice Leblanc	*L'aiguille creuse*
	Le bouchon de cristal
Gaston Leroux	*Le mystère de la chambre jaune*
	Le parfum de la dame en noir
	Le fauteuil hanté
Eugène Leroy	*Jacquou le Croquant*
Richard Llewellyn	*Qu'elle était verte ma vallée*
Jack London	*L'appel de la forêt*
	Le fils du loup
	Le loup des mers
Pierre Loti	*Pêcheur d'Islande*
Pierre Mac Orlan	*L'ancre de miséricorde*
Herman Melville	*Moby Dick*
Robert Merle	*Un animal doué de raison*
Margaret Mitchell	*Autant en emporte le vent (t. I et II)*
Robert Murphy	*L'étang sauvage*
Mary O'Hara	*Mon amie Flicka*
	Le fils de Flicka
	L'herbe verte du Wyoming
George Orwell	*La ferme des animaux*
	1984
Marcel Pagnol	*La gloire de mon père*
	Le château de ma mère
	Le temps des secrets
Louis Pergaud	*La guerre des boutons*
Allan Edgar Poe	*Histoires extraordinaires*
Henri Pourrat	*La queue du diable*
Raymond Queneau	*Zazie dans le métro*
Jules Renard	*Poil de carotte*
Jean-Louis Rieupeyrout	*L'oiseau Tonnerre*
	Shérifs et hors-la-loi
Jules Romains	*Knock ou le triomphe de la médecine*
J.-H. Rosny-Aîné	*La mort de la terre*
Edmond Rostand	*Cyrano de Bergerac*
Claude Roy	*Enfantasques*
	Nouvelles enfantasques
Antoine de Saint-Exupéry	*Vol de nuit*
	Terre des hommes

Henry Sienkiewicz	*Quo Vadis ?*
John Steinbeck	*La perle*
	Les Raisins de la colère
Robert Louis Stevenson	*L'île au trésor*
	L'étrange cas du Docteur Jekyll et de Monsieur Hyde
	Le maître de Ballantrae
Jules Supervielle	*L'enfant de la haute mer*
Jonathan Swift	*Voyages de Gulliver*
Haroun Tazieff	*Cratères en feu*
Lionel Terray	*Les conquérants de l'inutile (t. I et II)*
J. R. R. Tolkien	*Le seigneur des anneaux (t. I, II et III)*
Tourgueniev	*Premier amour*
Michel Tournier	*Vendredi ou la vie sauvage*
Mark Twain	*Les aventures de Tom Sawyer*
	Huckleberry Finn
	Le prince et le pauvre
Fred Uhlman	*L'ami retrouvé*
Alfred E. Van Vogt	*À la poursuite des Slans*
Jules Verne	*Le tour du monde en 80 jours*
	20 000 lieues sous les mers (t. I et II)
Boris Vian	*L'écume des jours*
H. G. Wells	*La machine à explorer le temps*
	La guerre des mondes
	L'homme invisible
	L'île du docteur Moreau
Oscar Wilde	*Le portrait de Dorian Gray*
Richard Wright	*Black Boy*

Composition et Impression
Imprimerie Hérissey à Évreux
le 19 juillet 1990
Dépôt légal : juillet 1990
1er dépôt légal : mai 1976
Numéro d'imprimeur : 52008

ISBN 2-07-050081-0 / Imprimé en France

50075